dear+ novel
Hanawa shitoneni saki kuruu 7 kami to hito・・・・・・・・・・・・・・・

華は褥に咲き狂う7 ～神と人～

宮緒 葵

新書館ディアプラス文庫

華は褥に咲き狂う 7 ～神と人～

contents

宮緒 葵「華は褥に咲き狂う」(イラスト・小山田あみ)

「あらすじ」

庶出の出ながら異母兄たちが相次いで流行病に倒れたことで将軍位を継いだ光彬。
慣例に従い都から迎えた御台所——純皓は、
絶世の麗人ではあるものの紛れもない男だった。
かつて光彬に危機を救われたことのある純皓は実は闇組織の長で、
あらゆる手を尽くし輿入れしてきたのだ。
最初こそ戸惑う光彬だが、純皓の熱にあてられるように夢中になっていく。
幕府の反対勢力や市井で起こる様々な事件に力を合わせて
立ち向かううち絆は強まり、ふたりは民も羨む相思相愛の夫婦となる。
だが勢力拡大を狙う志満津隆義と長らく姿を消していた純皓の兄・麗皓、
光彬の子を望む神“玉兎”が手を組み、朝廷まで介入してきたことにより、
光彬たちは佐津間藩の横暴を認める条件を突きつけられ、
側室を娶らざる得ない状況に追い込まれる。

人物紹介

紫藤純皓
(しとう・すみひろ)
西の都出身の光彬の御台所。
裏の顔は闇組織『八虹(やこう)』の長。
目的のためなら手段を選ばない
非情な性格だが
光彬が聖域。
七條光彬
(しちじょう・みつあき)
恵渡幕府第八代将軍。
剣に秀で、公平で優しいみんなの上様。
祖父・彦十郎の薫陶を受けて
真っ直ぐに育った
天性の人たらし。

志満津隆義（しまづ・たかよし）

西海道の大藩・佐津間藩の藩主。朝廷での位階は左近衛少将。
野心にあふれ、傲慢で尊大。人身売買や密輸にも手を染める。

紫藤麗皓（しとう・つぐひろ）

純皓の異母兄。
都を出奔して以来十年以上音沙汰がなかったが、
突然朝廷の使いとして恵渡に姿を現す。
隆義と手を組んでいる。

鶴松（つるまつ）

光彬の異母弟で次期将軍。
素直で兄想い。富貴子姫と想い合っている。

富貴子姫（ふきこひめ）

元は光彬の側室候補だった高位公家の姫。
現在は御台所付きの奥女中。

門脇小兵衛（かどわき・こへえ）

光彬の乳兄弟にして側用人。強面だがドMの素質があり咲の尻に敷かれている。

咲（さき）

純皓付きの小姓にして腹心。可憐な少女の姿だが実は男でドS。小兵衛の妻。

郁姫（いくひめ）

隆義の異母妹。麗皓に想いを寄せていたが、隆義と麗皓の手駒にされ殺される。

榊原彦十郎（さかきばら・ひこじゅうろう）

光彬の母方の祖父。懐深く誰からも愛された。光彬が15のときに他界。

常磐主殿頭興央（ときわ・とのものかみ・おきひろ）

恵渡幕府老中首座。生前の彦十郎とは盟友。

玉兎（ぎょくと）

彦十郎に執着する、人ならざる存在。隆義と麗皓に手を貸す。

＊詳しくはディアプラス文庫「華は褥に咲き狂う1～6」をご覧ください（1～4巻は電子にて発売中）。

illustration : 小山田あみ

華は褥に咲き狂う7
～神と人～

恵渡城本丸御殿、中奥。

政の重責を背負う将軍がくつろぐための空間には、ほのかな空薫きの香りに混じり、ぴりぴりとした空気が立ち込めていた。普段ならば将軍の寵愛を競い合う小納戸と小姓たちも、今回ばかりは対抗心を仕舞い込み、憤りと懸念の入り混じった眼差しを交わしている。

「――何が『朝廷の御扱い』か！　あれでは佐津間藩の走狗ではありませぬか！」

本物の鬼瓦より厳めしい顔を激昂で真っ赤に染め、門脇小兵衛は畳に拳を打ち付けた。弾みで茶托から浮き上がった茶碗を、控えていた小納戸頭取の甲斐田隼人がさっと受け止め、元に戻す。

将軍に対する不敬には容赦しない男から一つの文句も出ないあたり、無表情の下で相当腹を立てているのだろう。警護のため廊下に詰める小姓たち、とりわけ若い永井彦之進などは感情を殺し切れず、口惜しさに唇を震わせている。

……やれやれ。俺より皆の方が余裕を失っているではないか。

少々呆れてしまうが、皆が自分のために怒ってくれるのは嬉しくもある。七條光彬は苦笑し、胡座を組み替えた。

「落ち着け、小兵衛。お前が言われたわけではあるまいに」

「あのような無理難題を突き付けられたのがそれがしならば、小賢しい武家伝奏ふぜい、御台所様の兄君であろうとその場で叩き斬っておりまする！」

鼻息荒く断言する門脇に、血気盛んな小姓たちはもちろん、温厚な隼人までもが次々と頷いた。光彬が許せば、すぐにでも新たな武家伝奏一行の宿泊する佐津間藩邸に武装して殴り込みそうだ。

『畏れ多くも帝より新たな武家伝奏に任じられました、紫藤麗皓にございまする。佐津間藩と幕府の紛争を仲裁するため、まかりこしました』

光彬の愛してやまないたった一人の妻、純皓の異母兄――紫藤麗皓は陰謀によって前の武家伝奏、廣橋大納言を始末し、新たな武家伝奏に就任した。そしてそれから数日経った今日、恵渡城表の白書院にて、改めて交渉の場が持たれたのだ。

表向きは幕府と、藩主の妹姫を幕臣たちに殺された佐津間藩の交渉であり、それを朝廷の意向を受けた麗皓が仲裁するというものだった。だが第三者として中立的な立場を保つべき麗皓が、佐津間藩の便宜のみを図っていたのは誰の目にも明白だ。

何故なら、麗皓が仲裁案として提示したのは、ほとんどが幕府にとってとうてい受け容れがたい条件ばかりだったからである。

その一・幕府は朝廷及び廣橋家に謝罪し、相応の償い金を支払うこと。

その二・妹姫を殺害した新番組の責任者である新番頭を切腹させること。

その三・かどわかしの件について旧饒肥藩に派遣中の調査団を即刻帰還させること。

その四・調査団によって明らかにされた事実の全てを無かったこととし、これからも追及しないこと。

その五・佐津間藩と幕府の和解の証(あかし)として、将軍が藩主隆義(たかよし)の異母妹・桐(きり)姫を側室(そくしつ)として娶(めと)ること。

その六・将軍の世継ぎは光彬と桐姫との間に生まれた子とし、その子が生まれた時点で現将軍世子(せいし)の鶴松(つるまつ)は廃嫡(はいちゃく)すること。

麗皓がよく通る声で条件を読み終えたとたん、出席を許された幕府側の重臣たちは殺気立った。殿中(でんちゅう)でなければ腰の小さ刀(ちいさがたな)を抜く者が出たかもしれない。

対して佐津間藩側の重臣たちは傲然(ごうぜん)と胸を張り、優越感を隠そうともしなかった。百年以上前、天下分け目の決戦で味わった屈辱を今ここで晴らすのだと言わんばかりに。平静を保っていたのは互いの代表者――光彬と佐津間藩主、志満津(しまづ)隆義くらいだっただろう。

今日を迎えるまでに幕府側の重臣たちも何度も集まり、佐津間側が突き付けてくるであろう条件を推測の上、どこまでなら受け容れられるか協議してきた。今回に限っては、非は幕府側にあったからだ。

半月ほど前から、恵渡には西の都からはるばる訪れた武家伝奏一行が滞在していた。彼らの宿泊所である寺院を襲撃し、正使の廣橋大納言のみならず、隆義の妹・郁(いく)姫までも惨殺(ざんさつ)したのは、こともあろうに将軍の親衛隊とも言うべき新番組の番士(ばんし)たちだったのだ。

隆義はかねてより、郁姫を側室として娶るよう光彬に願い出ていた。莫大な金子(きんす)と引き換えに五摂家の筆頭、純皓の実家でもある紫藤家の養女に入れてまで。

惨劇の晩、郁姫が寺院に居合わせたのは麗皓を通じて紫藤家と養子縁組を結ぶため――不幸な偶然だったと周囲からは思われているが、真実は違う。

全て、隆義の陰謀だったのだ。番士たちに廣橋と郁姫を殺させ、その罪でもって幕府を糾弾し、強欲な要求を呑ませるための。隆義には郁姫以外にも、何人もの異母妹が存在する。郁姫が死のうと、別の姫を代わりに差し出せばいいだけだ。

麗皓は己を慕っていると承知の上で郁姫を駒として利用し尽くし、残酷な計画を隆義に献上した。そして番士たちの脳内に腫れ物を発生させ、意のままに操って暴走させたのが玉兎…光彬の亡き祖父・榊原彦十郎に執着する神だ。

玉兎の目的は光彬に女をあてがい、彦十郎の血筋を次代につなげること。妹姫を光彬の側室に入れ、生まれた子を次の将軍の座に据えたい隆義とは完全に利害が一致していた。ゆえに神の身でありながら、隆義に力を貸したのだ。

惨劇の日、隆義たちと玉兎の関わりを確かめるため寺院に忍び込んでいた光彬は、襲ってきた番士たちを純皓と共に撃退し……目撃した。助けを求めて逃げ込んできた郁姫を、麗皓がその手で刺し殺した瞬間を。

だが武家伝奏一行を番士たちが襲撃したのが事実である以上、たとえ光彬が己の目撃したことを明らかにしたところで、責任を免れるための作り話としか思われまい。将軍と御台所が夜陰にまぎれて忍び込むこと自体、本来ならありえないのだから。玉兎が番士たちを腫れ物で操ったというのも、今のところ光彬の推測でしかない。

結局、光彬に出来たのは祖父の親友であり、今は老中として支えてくれる常盤主殿頭や、光彬自ら取り立てた南町奉行の小谷掃部頭、乳兄弟の門脇など、信頼の置ける者たちにのみ真実を伝えることくらいだった。白書院での交渉にも参列した彼らは、事実を知る者からすれば厚顔無恥と言うしかない条件に腸が煮えくり返っていただろう。

六つの条件のうち、幕府が呑めるのは一と二だけだ。三から六までは、一つでも呑めば佐津間に屈したことになる。旧饒肥藩を足掛かりに佐津間藩の罪を追及し、最終的には西海道全体を幕府直轄地にするというひそかな狙いも挫折してしまう。真の黒幕が断罪されるどころか繁栄を極めるのでは、陽ノ本各地でさらわれ、売られていった先で無念のまま亡くなった被害者たちも浮かばれまい。

しかし当然ながら、佐津間藩が——隆義が本当に呑ませたい条件は三以降だ。

両者の話し合いは平行線をたどり、互いに持ち帰って検討し、五日後、改めて場を設けるということで今日はひとまず終了となった。隆義は不服そうだったが、麗皓の裁定にはおとなしく従った。

そうして佐津間藩一行と麗皓が引き上げた後、光彬も門脇だけを伴い、中奥に戻ってきた。主殿頭たちは白書院に残り、突き付けられた条件について協議の最中だ。全員の考えが纏まれば、主殿頭が中奥まで言上しに来るだろう。…結論は、すでに予想がついているが。

「…麗皓、か。あの男の腹の内も読めんな…」

光彬が顎に手をやりながら呟くと、門脇は太い眉をきっと吊り上げた。最初は御台所の異母兄ということで抱いていた遠慮は、粉々に砕け散ってしまったようだ。

「そのようなもの、考えるまでもございませぬ。佐津間と結託し、御扱いを押し通すことで、朝廷にかつての威光を取り戻そうとしているのでしょう」

主殿頭を初めとした幕閣の見解も門脇と一致している。朝廷が多額の報酬と引き換えに武家の紛争に割って入り、強引に仲裁する『御扱い』が最後になされたのは、確か神君光嘉公の存命中…百五十年ほど前のことだ。

今ふたたび成功させれば幕府に実権を奪われて久しい朝廷は息を吹き返し、今後は何かにつけ幕府に反発するだろう。その立役者となった麗皓は朝廷で重んじられるのはもちろん、暗愚と噂の長兄を差し置き、紫藤家の家督を継げるかもしれない。養妹となった桐姫が光彬との間に男子を儲ければ、義甥であるその子を通じ、幕政を操ることすら可能だ。

……だが……。

「俺には、あの男の野望がそんな即物的なものだとは思えんのだ」

「若……」

門脇が金壺眼（かなつぼまなこ）を痛ましそうに細めた。

愛する妻の純皓と麗皓が仲の良い兄弟であったことは、門脇にも話してある。主君が妻とその兄との板挟みになってしまったと、心配してくれているのだろうが…。

「そうではない、小兵衛。話しただろう？　…麗皓が郁姫を殺（あや）めた時のことを」

「は…、確かに伺いましたが…」

「麗皓は身の内に闇を抱えている。あれほど深い闇が世俗の権威や栄誉、ましてや金銭で晴らせるものとは思えなくてな」

今でもまざまざとまぶたに浮かぶ。心の臓に短刀を突き刺され、こときれた郁姫を抱きかかえた麗皓の微笑（ほほえ）みを。

純皓から伝え聞いた麗皓は、罪も無い娘を使い捨て、平然としていられるような男ではなかった。美貌の遊女であった生母と生き別れ、残された異母弟に家族としての情愛を注いだ唯一の存在だったはずなのだ。

西の都からこつ然と姿を消し、再び現れるまでの十数年の間に何があったというのか。いや、そもそも麗皓は何故、名門紫藤家の次男に生まれながら失踪してしまったのか。その理由すら未だ明らかになっていない。

考えれば考えるほど謎だらけの男だ。全ての謎を解かない限り、幕府を…光彬と大切な人々を呑み込もうとする闇は晴れない。そんな気がしてならない。

……そう言えば、あれはどうなったのだ？

つらつら思考を重ねるうちに、ふと赤珊瑚の簪が思い浮かんだ。かつてお互い身分を隠して城下で巡り会った折、助けた礼にと郁姫に差し出された簪だ。母親の形見だと言っていた。光彬は受け取らなかったから、郁姫がそのまま懐に仕舞ったはずだ。あの惨劇の夜にも、郁姫の髪にはあの簪が挿されていた覚えがある。

郁姫は葬儀の後、国元の菩提寺ではなく恵渡の佐津間藩ゆかりの寺院に葬られることになった。佐津間は遠く、運ぶ間に亡骸が傷んでしまうためだ。

母親の眠る故郷に、郁姫は帰れない。ならばせめて形見の簪と共に葬られて欲しいと思うが、幕府から問いただすわけにもいかない。想い人と異母兄に利用され、命を落とした彼女の眠りが安らかであるよう祈るだけだ。

「…若、それがしは思うのでございますが…」

「――上様」

光彬と一緒になって考え込んでいた門脇がふと顔を上げた時、廊下から澄んだ少年の声がかけられた。小姓の永井彦之進だ。

「表より使者が参りました。常盤主殿頭様と小笠原能登守様が、目通りを願い出ておいでございまする」

「…何？　能登守もか？」

意外な名前に、光彬は首を傾げた。

能登守は主殿頭と並ぶ老中の一人だが、中奥には主殿頭が一人で報告に上がるものだと思っていたのだ。重臣にしては珍しく万事控えめで物静かなあの男が、中奥までやって来たことは一度も無い。

……何か、想定外の事態でも起きたのか？

かすかな不安を覚えながら門脇を使いに出せば、すぐに二人の男を引き連れて戻った。知的な面立ちの初老の男が常盤主殿頭。もう一人、丸い身体を所在無さそうに縮め、ひたすら恐縮している中年の男が能登守だ。

「さっそくお目通りをお許し頂き、恐悦至極にございまする」

定型通りの挨拶を言上する主殿頭の斜め後ろで、能登守も平伏する。将軍の私的な住まいである中奥は、老中といえども普通はめったに足を踏み入れられない領域だ。主殿頭のように泰然と構えていられる方が少数派である。

「ご苦労、主殿頭。それに能登守も、そう固くなることはない。協議の結果を伝えに参ったのであろう？」

「は…、…ははっ」

「しかし能登守まで共に参るとは、何か大事でも出来したか？」

光彬の下問に、答えたのは主殿頭だった。

「我ら評定所に参列する重臣一同、武家伝奏より提示された六つの条件のうち、受け容れられるのは一と二のみ。残る三から六に関しては幕府の面目、陽ノ本の政、将軍家のお血筋、そして上様のお心を拝察した上でも断固拒否すべきという結論に達しましてございまする」

「うむ。そうであろうな」

最初からわかりきっていた結論だった。幕府が諸大名を支配下に置き、陽ノ本の支配者たろうとする限り、神君光嘉公が遠く西海道の果てに封じ込めた佐津間藩を将軍家に迎え入れられるわけがないのだ。

桐姫を側室に迎えるだけならまだしも、将軍世子たる鶴松を押しのけてまで光彬と姫の子を世継ぎに据えろと迫られるのは、幕府の重臣たちには決して受け容れられまい。彼らがどれほど光彬の血を分けた実子を望んでいたとしても。

「…されど、そこへ能登守が一つ提案をいたしました」

「提案…だと？」

「はっ。…能登守、答えられよ」

主殿頭の肩越しの視線を受け、能登守はびくりと身体を震わせた。

主殿頭は身分低い足軽から実力のみで老中まで成り上がった苦労人、能登守は譜代の大名家に嫡男として生まれ、出世の階を順調に昇ってきた御曹司だ。育った環境も気性も正反対ながら主殿頭に反発するでもなく、協力的な姿勢を貫いてきたはずなのだが。

能登守は何度か深く息を吸っては吐き、居住まいを正した。

「されば申し上げまする。私も全体的な考えは、皆様方と同じにございます。志満津の身勝手極まりない要求など、断じて受け容れてはなりませぬ。…ただ我ら同様、志満津にも立てねばならぬ面目があることを踏まえ、少し譲歩をしてやれば、あちらの強硬的な態度も和らぐのではないかと愚考した次第にてございまする」

「ふむ。…それで、何を譲歩すると申すのか？」

この時点で光彬には、能登守の言い出す内容が予想出来ていた。門脇や隼人もだろう。残る三から六までの条件のうち、幕府側がほんの少しでも譲れる余地があるとすれば…あそこしか無い。

「五番目の条件に関し、……畏れながら藩主の妹姫、桐姫を大奥に迎えて頂くわけには参りませぬでしょうか」

「――能登守！」

苦々しげに腕を組んでいた門脇が、かっと目を見開いた。

「貴様、それでも上様の臣か!?　上様が妻にと思い定められたのはこの世にただお一人、御台所様のみであられる。あの増上慢の妹が側室として大奥に入れば、上様も御台所様もどれほどお苦しみになるか…！」

「わかっておりまする。私も決して、桐姫を側室に迎えて頂きたいと申しているのではございませぬ。御中臈として受け容れられては如何か、と提案しているのでございます」

怒れる鬼神の如き形相にも怯まないのは、さすが老中と称賛するべきだろう。むしろ門脇の怒気を浴び、腹が据わったようにも見える。

「ご存知の通り、御中臈は上様の側室候補ではありますが、上様の御手がつかない限りは候補に過ぎませぬ。今の交渉の段階で桐姫を御中臈として大奥に入れてやれば、佐津間はこちら側に譲る気があると判断し、少なからず態度を軟化させるでしょう。しかしあくまで交渉中でございますれば…」

「…俺が伽に呼ぶ義務も無い。大名家の姫として初めて大奥入りを果たしたという実績を与えてやり、俺が側室を迎える気はあると思わせるわけか。そしてあちらの譲歩を引き出す、と」

「おおせの通りにございまする。ご一考頂けましょうか」

続きを引き取ってやった光彬に、能登守は深々と頭を垂れた。門脇や廊下の小姓たちから滲み出る殺気をものともしない。

あるいは麗皓が武家伝奏として初めて恵渡城に現れた時から、この提案が胸にあったのかもしれない。名門に生まれた老中らしい老獪さと言えば、らしいのだが…。

「…能登守、貴様よくも…」

「良い、小兵衛」

光彬は首を振り、今にも能登守に詰め寄りそうな門脇を制した。

「能登守の提案には一考の価値がある。評定所もそう判断したからこそ、主殿頭は能登守を連れて参ったのであろう？」

「…ご賢察、恐れ入りまする」

かしこまる主殿頭は、苦い表情を隠し切れていない。

亡き祖父の親友としては、友の孫に愛する者と添い遂げさせてやりたいのだろう。だが幕政を担う老中としては、時に非情な判断も下さなければならない。光彬としてはそうして悩んでくれるだけでもありがたいが、能登守の前ではお互い真情を打ち明けることも出来ない。

光彬は未だ憤然たる面持ちの門脇に、静かに語りかける。

「旧饒肥藩に関する条件は何があろうと呑むわけにはいかぬ。…呑んでしまえば、かどわかされ死んでいった無辜の民が報われぬ」

「…それは…、おおせの通りでございますが…」

「だが御台以外の妻を持たぬというのは詰まるところ、俺の私情に過ぎん。本来なら、主君たる者が最も抱いてはならぬものなのだ」

「……、差し出たことを申しました。お許し下され」

実の兄弟同然の乳兄弟は、ぐっと拳を握り込みながら頭を下げる。鷹揚に頷き、光彬は能登守に向き直った。

「言い出しづらかったであろうに、よくぞ声を上げてくれた。光彬、礼を申すぞ」

「う…、……上様……」

「そなたの提言、しばし考えてみよう。…三日後、またここへ参るがいい。その時、結論を伝える」

「……はっ。寛大なるお心に感謝いたしまする」

能登守は感極まったように平伏した後、門脇に先導され、主殿頭と共に城表へと引き上げていった。光彬の了承を受け、協議を再開するのだろう。

次に交渉の場が持たれるのは五日後だ。殺された廣橋と朝廷への償い金を支払うのは決定事項にせよ、具体的な金額やその上限、支払いの時期など、詰めておかなければならないことは山ほどある。

「…隼人、どうした？」

光彬が呼びかけると、能登守の後ろ姿をじっと見送っていた隼人が慌てて振り返った。涼やかな目元にかすかな焦り（あせ）を滲ませる隼人など、めったに拝（おが）めるものではない。

「も…、申し訳ございませぬ、上様」

「構わん。ことがことだからな、お前も驚いただろう」

「いえ、そうではないのです。能登守様ですが……少々、妙だと思うておりました」

妙とはどういうことだと尋ねれば、隼人は光彬に熱い茶を淹（い）れてから説明してくれた。

「能登守様がお召しの熨斗目の寸法が、一寸ほど余っておりました」

熨斗目とは登城する大名や旗本が裃の下に着用する小袖のことだ。色は様々だが、腰の部分に縞や格子といった文様を入れるのが決まりである。裃と合わせると、袴の横の隙間から模様がちらりと覗く仕組みだ。着用した者の身分や役職、家柄などを判断する材料にもなる。

「平伏された時に首回りがほんの少し浮いたので、不思議に思い観察しておりましたら、お腹のあたりの膨らみが不自然であることに気付きました。あれはおそらく、詰め物をなさっていたのではないかと」

「詰め物？　何故そんなことを…」

「急激にお身体の肉が落ちたのを、ごまかすためではないかと思いまする」

老中を輩出するほどの譜代大名家ともなれば、その家の当主しか使えない文様を入れている。能登守も当然その一人だ。

普通の小袖なら寸法に合ったものを仕立て直せばいいが、登城用の模様入りの熨斗目は国元のお抱え職人に誂えさせなければならないため、大名家であろうと一朝一夕に用意出来るものではない。

「熨斗目の仕立て直しも間に合わぬほど、急に痩せたということか。あの男はいたって健康、風邪一つ引いたことが無いのが自慢だと申しておったが」

「あるいはお心に強い負荷がかかったせいやもしれませぬ。心の負荷は時に胃の腑や心の臓を傷め、生気を奪い、命を落とすこともあると聞き及びますゆえ」

「佐津間との交渉が、それほど堪えているということか…?」

佐津間の姫の大奥入りを提案するのは、確かに心労が大きいだろう。光彬と純皓の熱愛ぶりを、知らぬ臣下は居ないのだから。

……それほどまでに、俺は純皓に関しては容赦無いと思われていたのか?

光彬は強い自己嫌悪に襲われた。たとえ心情的に受け容れがたい提案でも、政に有益であれば採用すべきなのが主君だ。能登守が光彬の機嫌を損ねることを怖れるあまり痩せ衰えたのだとすれば、それは光彬の責任である。

「――上様は何もお悪くなどありませぬ!」

高らかに叫んだのは、廊下に控える彦之進だった。仲間の小姓たちの制止を振り切り、光彬の前に身を投げ出すように平伏する。

「たとえ死を賜ることになろうと、必要と思えば進言し、お支えするのが臣下…能登守様を追い詰めたのは、能登守様ご自身のお心にございまする!」

「彦之進……」

「私は…、この永井彦之進は、上様にお仕え出来たことこそ、我が生涯の誇りにて……」

大きな瞳からぶわりと溢れた涙が廊下に滴り落ちる。

男泣きに泣く彦之進を、責める者は居なかった。いつもなら真っ先に一喝しているはずの隼人すら、黙って彦之進を見下ろしている。

「…配下の無礼、私からお詫び申し上げまする」

小姓たちを束ねる小姓番頭、山吹が泣き崩れる彦之進を庇うように進み出た。見た目は孔雀のように華やかな美少年だが、実際は光彬の父の代から仕え、孫まで居る中奥の生き字引とも言える存在だ。

「永井には後ほど、私からきつく叱責しておきまする。どのような事情があれど、上様の御前で醜態を晒すなど言語道断」

「っ……」

厳しい言葉にびくっと震える配下を一瞥し、山吹はほんの少しだけ目元を和らげた。張り詰めていた空気は、それだけで大輪の花々がいっせいに花開いたような華やかさに染め上げられる。

「されどこの者の申したことが間違いだとは、私は思いませぬ。…上様が身も心もお強いことは承知しておりまするが、どうか時には我らにもその重荷をお分け下さい。上様の苦痛が少しでも軽くなるのならば、私は喜んで背負わせて頂きまする」

「わ……、私も！」

「私も背負いとうございまする！」

上司に続けとばかりに、うずうずとしていた小姓たちが我も我もと手を挙げた。

しまいには競争相手たちに負けていられなくなったのか、隼人の配下である小納戸たちまでもが普段の礼儀正しさをかなぐり捨てて駆け付け、小姓たちを押しのける勢いで我も我もと挙手していく。

そして最後に隼人がそっと手を挙げ、驚愕する一同に微笑んだ。

「……私も、配下や山吹どのに負けるわけには参りませぬからな」

わずかに照れの滲む笑みに、もしも配下たちに口をきくだけの余裕があったなら、『甲斐田様がでれた！』『もしや天変地異の前触れか⁉』などと右往左往しながら悲鳴を上げていただろう。

光彬だけにならともかく、隼人が配下や小姓たちにまで何の含みも無い表情を晒すのは初めてかもしれない。長年光彬の寵愛を競う好敵手としてしのぎを削ってきた山吹も、珍しく驚きを露わにしている。

「……ふ、……ふふふっ……」

こみ上げる衝動のまま、光彬は腹の底から笑った。喉を震わせるたび、胸の奥に降り積もっていたどろどろとした澱が溶けていく。

……ああ、俺はいつの間にか思い上がっていたのだな。

将軍なのだから、全てを背負わなければならないと思っていた。他の者に任せるわけにはいかない。何もかもこの身に呑み込まなければならないのだと。

けれどそれは裏を返せば、自分以外の誰も信じていないのと同じことだ。光彬には心の底から光彬を信じ、支えようとしてくれる存在がこんなにもたくさん居てくれるのに。己の目をくもらせてしまっていた自分自身が恥ずかしい。

「……う、……上様？」

笑い続ける光彬に、彦之進が今にも切腹しそうな青い顔で呼びかける。自分のせいで光彬を困らせてしまったと悔やんでいるのかもしれない。

光彬はまなじりを擦り、快活な笑みを浮かべた。

「――礼を申すぞ、彦之進」

「えっ…」

「お前のおかげで大切なことを思い出せた。…俺は、一人ではないのだったな」

彦之進はぽかんと口を開け、そのまま動かなくなったかと思えば、心配した隣の朋輩につつかれたとたんぐらりとあお向けに倒れそうになった。山吹と隼人がとっさに両側から支えてやらなければ、頭をしたたかに打ち付けてしまっただろう。

「…大事ありませぬ。どうやら、感激のあまり気を失っただけのようにございまする」

医術の心得のある隼人が素早く脈を取り、報告してくれたので、光彬は安堵の息を吐いた。配下に彦之進を介抱させながら、山吹が苦々しげに柳眉をひそめる。

「困ったものにございます。妻女を迎えるならもう少しどっしり構えるようにと、言い聞かせているのでございますが」

「妻女？　…彦之進がか？」

彦之進はまだ二十歳にもならないはず。いくら早婚が尊ばれる武家とはいえ、少し早すぎはしないだろうか。

「はい。三年後の予定だった婚儀を今年に早めたいと、先日、私に申し出て参りました。花嫁は旗本統山家の分家筋の娘にございます」

「統山家…確か譜代の名門であったな。それほどの家柄の娘なら嫁入り支度にも時間がかかるであろうに、どうして…」

「先日の武芸上覧にて、上様の勇姿を拝見したがゆえにございましょう。上様をお守りする栄誉を、己の代で絶やしてはならぬ。上様の偉大さを子々孫々語り継がせ、体力と気力の充実しているうちに我が子らを上様に相応しき幕臣に育て上げるのだと熱弁を振るっておりました」

困ったと言いつつも、彦之進に注ぐ山吹の眼差しはやわらかかった。無言で頷く隼人も、敵ながら天晴れと感心しているに違いない。

「…そうか。ありがたいことだ。彦之進の子らであれば、どのようなお役目に就いてもきっと陰日向になって幕府を支えてくれるだろう」

「先ほど上様からもったいない無くも頂いた礼のお言葉、彦之進にとって…いえ、これから生まれる子らにとっても生涯の宝となりましょう。彦之進は果報者にございます」

「果報者は俺の方だ。お前たちのような臣下に支えられているのだからな」

心からの感謝がこもった将軍の笑顔に、耐性のあるはずの小姓や小納戸たちが次々と頬を染めながらよろめいていく。そろそろ限界と悟ったのか、山吹は優雅に一礼し、彦之進を担がせた配下たちと共に去っていった。

「隼人…」

「はい。上様がお渡りになると、大奥へ使いを出して参ります」

光彬の心を読んだ隼人がさっと立ち上がった。珍しく一人きりになった御休息の間で、光彬は深く息を吸い込む。

とうとう、時が訪れたのかもしれない。

——将軍としての覚悟を決める、時が。


半刻後。

「ようこそおいで下さいました、上様」

かすかな緊張を抱いて訪れた光彬を、純皓は大輪の花がほころぶような笑顔で迎えてくれた。

…いや、『ような』ではない。藤の花と牡丹が刺繍された典雅な打掛を蝶の羽のごとく広げ、しとやかに手を支える純皓は正しく花だ。梅、山茶花、椿。寒さに耐え、今を盛りと咲き誇る花々すら、純皓の前では恥じ入って枯れてしまうだろう。

蠱惑的(こわくてき)な眼差し一つで強い酒を呷(あお)ったかのようにくらりとさせられるのは、麗皓(つぐひろ)との交渉で相当疲れていたせいか。もう五年近く連れ添い、手を携(たずさ)えて事件を解決し、数多(あまた)の夜を共にしてきたというのに、まるで初めて出逢った日のように心の臓が高鳴り始める。

「純皓…、今日は……」

いつもなら何の気負いも無く出て来るはずの言葉が、今日に限って喉に詰まってしまう。もどかしさに歯噛みしていると、純皓は立ち上がり、そっと光彬の手を引いた。

「ずいぶんとお疲れのご様子。少しお休みになってはいかがですか？」

「…いや、だが俺は…」

「上様のお身体は陽ノ本(ひのもと)にとっても、私にとってもこの世で最も大切なもの。少しでも障(さわ)りがあっては一大事にございます。さあ……」

従うつもりは無かった。純皓に佐津間藩(さつまはん)と朝廷との交渉について説明した後、大切な話をしなければならないのだ。

だが、ふと気付けば光彬は上体を純皓の膝に預ける格好で横たわっていた。頭の奥にかかった靄(もや)が、意識を少しずつぼやけさせていく。

「……それで、評定所(ひょうじょうしょ)はどのような判断を？」

「…一と二以外の条件は呑むわけにはいかないと。だが、能登守(のとのかみ)が…」

鬢を優しい指先に梳かれ、甘い声音を耳元に吹き込まれるたび光彬の唇は勝手に動き、中奥での出来事をすらすらと紡ぐ。そしてとうとう能登守の提案――桐姫の大奥入りに話が及びそうになった時、強烈な拒絶が脳天を突き抜けた。

……駄目だっ！

これは、こんなふうに告げていいものではない。光彬の口から真摯に説明し、純皓の理解を得なければならないのに。

「何故、駄目なのですか？」

頬を撫でていた手が、するりと首筋に滑らされた。甘い吐息に項をくすぐられ、こんな時にもかかわらず熱がじわじわと身体の中心に集まっていくのを感じる。流されてしまえば楽になれるのはわかっていた。

でも、……でも。

「…俺が…、…俺の口から、ちゃんと…」

「上様はちゃんとご自分で話して下さっているではありませんか」

何の問題もございませんね、と微笑むのは純皓だ。この世で最も愛おしい妻…のはずだ。なのにどうして、身体が震えるほどの違和感を覚えてしまうのだろう？　息を吸い込めば吸い込むほど苦しくなるのだろう？

「たゆ…、…御台所様。もう、これ以上は…いくら上様でも…」

別の声が割り込んだ。この声は……咲だ。

純皓の腹心であり、門脇の妻でもある咲は常に控えめで、純皓と光彬が共に居る時には慎ましく口を閉ざしているのに、どうしたのだろうか。それにこの、甘ったるいのに妙に刺々しい香りは……。

「構わない」

純皓の声が刃の鋭さとぎらつきを帯びた。短く悲鳴を漏らしたのは咲だろうか。

がしゃんと大きな音がして、靄に半ば呑み込まれかけていた意識がにわかに引き戻される。覆いかぶさるように光彬を抱き込んだ純皓の背後、咲が慌てて拾い上げているのは銀色の…香炉か？　ぶちまけられた灰と薫物から、あの甘ったるい香りがむわりと濃厚に漂ってくる。

「……う、……っ……」

光彬は妙に重い腕を持ち上げ、鼻と口を袖口で覆った。

頭の靄はとたんに薄らぎ、鮮明になった視界に純皓が映り込む。愛する者を喰らい、腹に収めて我が物にしようとする獣のような……狂おしい光をたたえた黒い瞳が。

「…それで？　能登守は何と提案したんだ、光彬？」

もはや取り繕う必要も余裕もなくなったのか、純皓はつややかな唇を吊り上げる。鼻と口を覆う光彬の手を退けようともしない。

それも当然か。いくら光彬が鍛えていても、呼吸をしなければ死んでしまう。すぐに自ら手を退け、息と共に甘ったるい香りを吸い込むことになる。そうなればきっとまた、純皓の望むがまま能登守の提案を…。

「だ、…めだ、……純皓」

香りを吸い込んでしまわぬよう、光彬は袖口の下でかすれた声を漏らす。貴重な空気を消費してでも、訴えずにはいられなかった。

「そんな…、ことをすれば、お前は」

「しないさ。——後悔なんて」

項から肩口、胸元。仕留めた獲物の品定めをするように、慈しむように、純皓は熱っぽい手を滑らせていく。ずっと浮かべたままの笑みを深めながら。

「お行儀よくしていてお前を横からさらわれるくらいなら、もう我慢なんてする必要は無いだろう?」

「っ…、何、…を…」

「俺はお前を誰にも渡さない。たとえお前に恨まれようと、泣かれようとな。……何度も警告したのに、俺の前で隙を見せたお前が悪い」

本当にそう思っているのなら、どうしてそんなに悲しそうに笑うのだろう。光彬の言葉を、聞いてくれないのだろう。

違うのだと大声で叫びたかった。純皓を抱き締めたかった。けれどそんなことをすればたちまち呼吸は尽き、苦しさのあまりあの香りを身の内に取り込んでしまうだろう。今度は正気ごと呑み込まれるかもしれない。そして次に目を覚ましたら、きっと。

——あと少しで限界が訪れる、その寸前。

「……もう、やめて下さい……っ！」

震えていた咲が喉を振り絞るように叫んだ。水盤に活けられた花をむしり取り、中の水を香炉にぶちまけると、脱いだ己の打掛を迷い無くかぶせる。

「……あ、……？」

香りの源が絶たれたおかげか、重かった頭がふっと軽くなった。恐る恐る袖口をずらし、少しずつ息を吸ってみてもあの妙な酩酊感は襲ってこない。

咲が閉め切られていた襖を開け放って回り、新鮮な空気が流れ込むと、頭にかかっていた靄はたちまち晴れていく。

「咲……、……お前、自分が何をしたのか、わかっているのか？」

燃え盛る炎すら凍り付かせそうな声音が、光彬の背中を粟立たせた。柱に縋るように立つ咲を睥睨する純皓は、光彬の妻ではなく、闇組織『八虹』の長の顔をしている。咲には判決を言い渡す地獄の閻魔大王のように見えているかもしれない。

「……わかって、います」

「なら、……どう処断されるかも承知だろうな？」

光彬を抱え込んだまま、純皓は右腕の手首を素早く上下させる。

次の瞬間、その手にはよく磨(みが)かれた刀子(とうす)が握られていた。何度も共闘してきた光彬は知っている。純皓がそれを己の手足のごとく操って敵を仕留めることも、…一度も狙いを外したためしが無いことも。

だが、咲は敵などではない。はるばる西の都から伴(ともな)ってきた腹心、光彬にとっての門脇のような存在のはずなのに。

「すみひ…」

「黙っていろ、光彬。将軍(おまえ)が口を挟むことじゃない」

ぴしゃりとはね付けられるなんて、初めてではないだろうか。

光彬は呆気に取られるが、取り付く島が無いのは咲も同じだった。

「太夫(たゆう)のおっしゃる通りです。私は太夫の…長の命令に逆らった。命令に背(そむ)けば死、それが私たちの掟(おきて)」

「…っ…、だが、それではお前は…」

「勘違いなさらないで下さい、上様。貴方(あなた)様をお助けしたわけではありません。…私はただ、私のしたいようにしているだけです」

長く着付けた小袖(こそで)の裾(すそ)をさばき、咲は一歩踏み出した。抜き身の刃さながらの純皓の視線に射貫(いぬ)かれ、支え無しで立っていられるだけでも称賛に値(あたい)する。楚々(そそ)とした美女にしか見えなくても、咲もやはり闇組織の一員なのだ。

「したいようにした…、だと?」

詰問する純皓の刀子の切っ先は、まっすぐ咲の喉元を狙っている。

「はい。私は太夫が後悔に苛まれながら生きる様を見たくなかった。だから止めました」

「…俺が、後悔だと?」

「しないって言えるんですか? …あんな、今にも泣き出しそうな情けない顔をなさっていたくせに」

純皓は挑発に乗らなかった。ただ刀子の切っ先が揺れただけだ。その柄を握る手が動く前に、襖越しに取り次ぎの奥女中が声をかける。

「ご歓談中失礼いたします。御台所様にお客様がいらっしゃいましたが、如何いたしましょうか」

「そんなもの…」

「——待て。客とは誰だ?」

純皓は忌々しそうに拒もうとするが、光彬は天の助けとばかりに飛び付いた。すると奥女中は思いがけない名を告げる。

「二ノ丸より鶴松様がお出ましになり、すぐにでも御台所様にお目通りを願いたいと。上臈御年寄の富貴子様も同行なさっておいでてございます」

「鶴松と、……富貴子姫が？」

鶴松はあの流行病の中、光彬の他に生き残った数少ない将軍家直系男子であり、光彬の異母弟だ。光彬が純皓以外の妻を持たぬと決めた今、唯一の後継者にして次代の将軍でもある。大奥には将軍以外の男子は入れない決まりだが、未だ七歳と幼い鶴松は出入りを許されており、純皓と富貴子に会うためたびたび訪れていた。

そして富貴子はかつて陰謀により西の都の高位公家、紅城家の養女として送り込まれた少女だ。光彬と純皓、鶴松の奮闘もあって陰謀が潰え、自由の身となった今も上臈御年寄――御台所の話し相手を務める上級奥女中として大奥に奉公している。

鶴松は富貴子より六つ年下だが、幼い二人は共に危険を乗り越えたことによって思い合い、恋心を育てているようだ。富貴子は貧乏公家に生まれた苦労人で、純皓を『お姉さま』と慕う純粋な娘である。光彬としても弟の恋を応援してやりたいし、いずれは二人が自分たちのように仲睦まじい夫婦になってくれればいいと願っている。

光彬にとっては家族も同然の二人だが、光彬が純皓のもとを訪れている時は遠慮するのが常だ。なのに何故今、ここに？

「お二人で、どうしても御台所様にお願いしたい儀がおありとか。上様がおいでになっているとお伝えしたのでございますが、ならばぜひともお目にかかりたいとの仰せで」

「……左様か。わかった」

純皓のみならず光彬にまで願い出たいとは、尋常な事態ではない。鶴松なら大奥を経由せずとも、中奥まで堂々と光彬に会いに来られるはずだ。一時は厳しかった中奥の鶴松に対する風当たりも、近頃はだいぶ和らいできている。

わざわざ大奥を訪れたのは、おそらく富貴子が居るからだろう。奥女中は特別な許しが無ければ、大奥を出られない身だ。

……ということは、対面を望んでいるのは富貴子姫の方か？

「二人に会おう。もちろん、御台も一緒だ。……いいな、御台？」

「……っ…」

純皓は勝手なことをと言いたげに唇を噛むが、非の打ちどころの無い御台所として慕われる身だ。八虹とは無関係の奥女中に本性をさらすことは出来まい。

「……上様の仰せならば、私に異存はございません」

予想通り純皓は頷き、手妻のような鮮やかさで刀子も仕舞った。純皓に目配せをされた咲が香炉や空の水盤を素早く片付け、あっという間に対面の準備を整える。

ほどなくして奥女中に案内されてきた鶴松と富貴子に、ついさっきまで御台所が腹心を殺そうとしていたなんて見抜くのは不可能だろう。

「兄上、御台所様。急にお目通りを願い出たにもかかわらずお聞き届け下さり、恐悦至極にございまする」

平伏する鶴松の斜め後ろで、富貴子も頭を下げた。

「鶴松、身内だけの場でそうかしこまる必要は無い。富貴子姫も久しいな。二人とも顔を見せてくれないか」

光彬が苦笑すると、二人はほっとしたように起き上がった。

鶴松は七歳、富貴子は十三歳。共に大きく成長する時期である。このところ佐津間藩絡みで多忙を極めていたせいもあり、どちらともまともに会えずじまいだったが、しばらく見ない間に二人とも少し大きくなったようだ。

「二人とも、ろくに構ってやれなくてすまなかったな」

「いえ、兄上が佐津間との一件でお忙しいことは存じております。…実は、今日こちらに厚かましく押しかけたのは、その件についてお願いしたい儀があるからなのです」

そこでいったん言葉を切り、鶴松は富貴子に視線を向けた。富貴子は黙礼し、鶴松の隣に進み出る。

「上様。卒爾ながら、わらわからお話ししてもよろしゅうございましょうか」

「うむ、許す」

「ありがとう存じます。…今日は、朝廷の仲立ちによって佐津間との交渉が行われたと聞き及びます。御台所様の御前でお尋ねするのははなはだ心苦しく、不躾なことでございますが…もしや、和解の条件として、亡くなられた姫とは別の姫の側室入りが挙げられたのではないでしょうか」

その瞬間、純皓の顔面に張り付けられた『完璧な御台所』の微笑にかすかなひびが入ったことに気付いたのは、光彬と咲だけだっただろう。天の助けと思ったのに、まさか新たな火種の到来とは。

内心冷や汗をかきながら、光彬は問うた。

「何故、姫はそう思った?」

「あの事件の前より、佐津間の藩主は妹姫を上様のご側室にと熱望なさっておいででした。かの姫君が亡くなられても、あの藩主ならば諦めない。いえ、むしろこれを好機として新たな姫をねじ込もうとするのではないかと、わらわには思えて仕方が無かったのでございます」

光彬はさっきの出来事も忘れ、思わず純皓を振り返った。純皓が富貴子に隆義(たかよし)について何か話したのではないかと思ったのだ。大奥から出られない富貴子が隆義について個人的な情報を得るとしたら、相手は純皓くらいしか居ない。

だが純皓もまた驚愕の色を滲(にじ)ませ、首を振った。

つまり富貴子は自力でこの結論にたどり着いたのだ。隆義の気性くらいは大奥にも流れてくるだろうが、事件の真相については何も知らないはずなのに。さすがは公家の姫と言おうか、恐るべき洞察力である。

「…姫の申す通りだ。隆義は亡き郁(いく)姫とは別の異母妹、桐姫を側室に迎えるよう迫ってきた。

世継ぎには俺と桐姫との間に生まれた子を据え、鶴松は廃嫡するという条件付きでな」

「――っ…」

「…鶴松様…」

廃嫡された元将軍世子がたどる未来は良くて生涯にわたる幽閉、悪ければ暗殺だ。青ざめる鶴松に伸ばしかけた手を、富貴子はきゅっと握り込んだ。咲き初めの花のように美しい顔は、かつて無いほど真剣な表情を浮かべている。

「その条件…、お呑みになるのでございましょうか？」

「もちろん呑めるわけがない。俺の後継者は鶴松だけだし、佐津間の血を将軍家に入れるなど言語道断だ。…だが…」

強い視線が光彬を横から突き刺した。ここから先はまだ純皓にも告げていないが、おそらく察しはついているだろう。

軽く息を吸い込み、光彬は言葉を続ける。

「老中の小笠原能登守が提案した。佐津間の強硬な態度を軟化させるため、桐姫を御中臈として大奥に迎えてはどうか、と」

富貴子と鶴松は息を呑み、痛ましそうに純皓を見遣った。幼くとも次期将軍として育てられてきた少年と、大奥で揉まれた少女である。いかに光彬といえど、今回ばかりは拒み通すのが難しいと察してしまったのだろう。

「……純皓」

光彬は身体ごと隣の純皓に向き直り、刃物を自在に操るとは思えないほど白くなめらかな手を取った。

伝わってくるかすかな震えに安堵してしまう自分は酷い男だ。純皓にまだ見限られていないことが、こんなにも嬉しいなんて。

「今日俺がここに来たのは、能登守の提案についてお前の許しをもらうためだった」

「みつ、…上様…」

「この期に及んで言い訳をするつもりは無い。俺は……」

白粉を塗らなくても白い純皓の顔から血の気が引いていく。

これだけは聞きたくなかったのだと、光彬は悟った。だからあんな妙な香まで使って交渉の結果を聞き出して、前後不覚のうちに――。

「……兄上！」

「お姉さま！」

そこへ、うん、と互いに頷き合った鶴松と富貴子が光彬の言葉をさえぎるように声を上げた。

鶴松は光彬を、富貴子は純皓をまっすぐに見上げ、作法など関係無いとばかりに身を乗り出す。ここが城表だったら将軍に対し叛意ありとみなされ、その場で斬り捨てられても文句は言えない。

「どうか、何もかもお二人だけで背負いこもうとなさらず、私たちにも頼って下さい…！」

「…わらわたちはかつて幼く、無知で非力であったがゆえに、お二人に助けて頂くばかりでございました。それは今も……。ですが、もう嫌なのです。お二人に守られ、ぬくぬくと生きていくだけだなんて、もう耐えられない…」

次々と訴えられ、純皓は珍しく驚きを露わにしている。

光彬も同じだ。鶴松も富貴子も、光彬たち夫婦にとっては庇護の対象だった。まだまだ幼く、守ってやらなければならないと思っていた存在だったのに。

「……頼る、とは？」

「小笠原能登守と申せば温厚篤実、兄上が重用される主殿頭を成り上がり者と蔑むことも無く仕えてきた忠臣と聞き及んでおります。志満津の譲歩を引き出すためとはいえ、その能登守が突然かような提案をしたことが、私にはどうしても気になりました」

光彬が短く問うと、鶴松は待っていましたとばかりにまくしたてた。その頭は今までに学び得た知識を原動力に、これ以上無い速さで回転しているに違いない。

「…そして考えました。大奥入りした桐姫の周囲を探れば、能登守の変心の理由がわかるのではないかと」

「変心、か。能登守はただ俺と幕府のためを思い、悪役を買って出ただけかもしれんぞ」

「その可能性は否定しません。ですが能登守は良くも悪くも譜代の名門大名家の出身。誰かが立てた計画に従って働くことはあっても、自ら指針を打ち建てて行動する様には違和感を覚えます。…もし何者かが能登守を操り、桐姫の大奥入りを目論んでいるのだとすれば…」

「桐姫の周辺を探れば手がかりが得られるかもしれない、というわけか」

鶴松はこくりと頷いた。今の二人は兄弟であると同時に、将軍とその後継者だ。まだ幼い弟を政の世界に関わらせてしまう自分に忸怩たる思いはあるが、子ども扱いは鶴松の望むところではない。

「いかに佐津間藩が強大とて、大奥の内部には疎いはずでございます。大奥内の味方はいくらでも欲しいでしょう。こちらから味方として接近すれば、引き込もうとして情報を漏らす可能性も高うございます」

光彬が黙っていると、富貴子が援護に加わった。

富貴子の言い分は正しい。大奥に仕えられるのは身分の低い御末たちを除けば皆、それなりの家柄の御家人か旗本の娘だ。いずれも矜持が高い。

光彬の弱みに付け込む形で大奥入りを果たした桐姫に、なびく者は皆無だろう。積極的に虐めることはさすがに無いだろうが、無視くらいはするはずだ。そこへ擦り寄れば、受け容れられるのは間違いない。

だが、と光彬は指摘した。

「接近するのが富貴子姫では、警戒される恐れが高いだろう。姫が純皓と昵懇であることは、大奥では知らぬ者は居ないだろうからな」

「むろん承知しております。そこはきちんと手立てを講じてございますので、ご心配は要らぬかと」

　富貴子は意味深に細めた双眸を、そっと鶴松に流した。びくりと鶴松の小さな肩が跳ねる。鶴松のもとに協力してくれそうな女中でも居るのだろうか。二ノ丸の女中なら、大奥では面が割れてはいないだろうが…。

「あっ…」

　小さな声に振り向けば、咲が口を手で覆っていた。

　光彬と目が合うと、あいまいに微笑んで視線を逸らしてしまう。何か思い当たったようだが、教えてくれるつもりは無いらしい。

「――私たちの計画は、お聞きの通りです」

　何やら富貴子と眼差しでせめぎ合っていた鶴松が、何かとても大切なものを諦めたような面持ちで姿勢を正す。

「如何でしょう、兄上。頼りなくお思いでしょうが、今回は…今回ばかりは私にも、いえ、私たちにも手伝わせて頂けませんか」

「わらわからも伏してお願い申し上げます。…わらわたちは…もう、無力な存在でいたくはございませぬ…！」

溢れそうになる嗚咽を呑み込む強さを、いつの間に二人は身につけたのだろう。…いつの間に、光彬は忘れていたのだろう。人は成長する。いつまでも幼いままではない——そんな、当たり前のことを。

そしてそれは、光彬だけではない。

「……私は……、いや、……俺は賛成だ、……光彬」

口を開いた純皓からは、『完璧な御台所』の表情は綺麗に消え失せていた。ここに居るのは紫藤純皓…光彬の愛する妻であり、恵渡の闇を統べる男だ。光彬にとっては当たり前の事実だが、幼い二人にとっては初めて目にする姿である。

まさか純皓が、守り続けてきた二人の前で御台所の仮面を脱ぐ日が来ようとは。咲も驚きに目を丸くしている。

「もちろん能登守の身辺を徹底的に洗い出すのが先だが…その上で何も出て来ないようなら、二人に任せるのが現状考え得る最良の策だろう」

「…だが、それでは桐姫を…」

「ああ、大奥に迎え入れるのが前提になるな。——それがどうした?」

不敵に笑う妻の顔から、光彬は懸命に探し出そうとした。不安を、虚勢を、怒りを…ついさっきまで純皓を突き動かしていたはずの全てのものを。

けれど何一つ見付からず、幼い二人と揃って純皓に見惚れることくらいしか出来ない。

「七條光彬の妻は、俺以外に存在するか？」

「居ない。…お前だけだ」

「俺の他に、七條光彬に愛される者は居るか？」

「居ない。……お前、だけだ」

どうしよう。…純皓が眩しい。いじらしくて、愛おしくてたまらない。幼い二人の前でなければ、この胸にかき抱いてしまいそうだ。

「なら、何の問題も無いだろう。佐津間の田舎から乗り込んできた小娘一人、俺の敵になどなれるはずもない。……そうだな？」

荒れ狂う光彬の心など知らぬふりで、純皓は鶴松と富貴子に流し目をくれる。

強すぎる酒精にあてられたかのようにぼうっとしていた二人は、頬を真っ赤に染めながらがくがくと首肯した。そのまま力尽きて倒れそうになったところを、咲が細身に似合わぬ腕力で二人まとめて抱え上げ、運んでいく。

二人きりになるや、光彬は純皓の右腕を摑んだ。

「――いいのか、純皓」

「ああ、桐姫のことなら…」

「俺を、……これほど夢中にさせて、いいのか」

震える喉から熱い息が這い上がる。

純皓の濡れた黒い瞳に過ぎる動揺を、光彬は見逃さなかった。摑んだ腕を引き寄せ、弾みでさらけ出された喉笛にかぶりつく。

「……っ…!?」

ひゅっと吸い込まれる吐息。わななく喉。薄い肌に埋もれた血の管を流れる、血潮の熱さ。紫藤純皓という男の生命の息吹の、全てを喰らい尽くしてやりたい。光彬以外の誰にも奪われないように。

「…ま…っ、…て、…光彬…っ！」

逆らわずしなだれかかってくるくせに、思いとどまらせようとする唇が憎たらしくて、光彬は甘嚙みしていた肌にぐっと歯を食い込ませていく。

…一息に仕留めるのではなく、じりじりと。自分が誰のものか、身をもって思い知らせてやるために。

「あ、…ぁ…っ、……」

びくん、びくん。

陸に引き上げられた魚のように打ち震える純皓がこぼすのが悲鳴なら、光彬とて踏みとどまった。けれど光彬の耳を甘く濡らすのは、まぎれもない嬌声だ。

「……純皓」

歓喜が胸の奥からじわじわと広がっていく。歯を食い込ませたまま名を紡げば、びくり、と純皓は大きく跳ねた。馴染んだ白檀の香りにかすかな青い匂いが混じった気がして、光彬は打掛の中に手を忍び込ませる。

結び目を軽く引っ張っただけで、紅い花の染め抜かれた帯は簡単に解けた。無粋な邪魔者と化したそれが畳に落ちるのも待てず、小袖の合わせをかき分ける。

「…ふ、…ははっ」

貞淑な妻はいつでも夫と交われるよう、下着をつけていない。滑らせた手で握り込んだ股間のそれは予想通り欲望を孕み、熱い脈動を伝えてきて、光彬はこみ上げる愉悦に思わず笑いを漏らした。

深く食い込んだ歯をわずかに浮かせ、安堵に弛みかけた喉へ、今度は一息に突き立てる。

「っ…あ、あぁ……、光彬……っ！」

「……純、皓……！」

口内に広がるかすかな血の味に、たまらなくそそられた。毎夜腹の奥に妻の精を受け止めているけれど、この血までも我が身に取り込めば、純皓を光彬のもとにいっそう強く縛り付けておけるのではないか。

……ああ……、将軍ともあろう者が、なんて浅ましい。

幕政を揺るがす一大事だというのに。

臣下のみならず、鶴松や富貴子たち小さき者までもが光彬のために奮い立ってくれたというのに。

…今この瞬間、妻を貪ることしか考えられないなんて。

「…お前…、も……」

忸怩たる思いも、甘く懇願されただけで淡雪のように消え去っていった。震える手が光彬の二の腕に縋り付く。

今しがた光彬の意志をたやすく操ってみせたばかりの純皓なら、光彬を思い通り動かすことも、振り解いて自ら慰めることも、その媚態で誘惑することも出来るだろうに。あくまで光彬からの愛撫を望むのか。

「お前は…、…本当に、いじらしくて可愛い男だな…」

くっと喉を鳴らし、光彬は背中から畳にゆっくり倒れていく。

夜闇の帳のように光彬の両横に落ちてきたのは、横たわった光彬に覆いかぶさる妻の長くつややかな髪だ。ほのかに混じる汗の匂いが、まだ陽の光の差し込む座敷にあえかな夜の気配を連れて来る。

「……脱がせて、くれるか？」

質量を増す一方の肉刀に指を絡めながら見上げれば、ごくりと唾を飲む音がした。

——可愛いのは、どっちだ。

恨めしげな呻きは言葉にならず、艶めいた唇に溶けた。もどかしいくらいの時間をかけ、純皓は光彬の袴の紐を解いていく。

焦らしているのではあるまい。そんな余裕、光彬にも純皓にも無い。ただ必死なだけだ。純皓は光彬と熱を分かち合いたくて——光彬は、純皓の熱を引きずり出したくて。

「あ…っ…、あ……」

喘いだ弾みでまた手を跳ねさせてしまった純皓が、眼差しで光彬を詰る。

そんな目をされたって、もっととねだられているようにしか見えない。光彬は掬い取った黒髪に口付け、熟した切っ先のくびれをきゅっと締め付けた。張り詰めていた刀身が大きく脈打ち、かさの開いた先端から透明な雫がしたたる。

このまま最後まで搾り取ってやろうか。それとも腹の中に誘い、奥の奥へ注がせてやろうか。いや、光彬の上で淫らにくねる引き締まった肉体を愛でも味わいもせず極めてしまうのは、あまりに甲斐が無い。

どうせならこの白い肌に、思うがまま痕を刻んで…。

「…こ、……のっ……」

「う、……っ」

悩んでいたら肉茎をきつく締め上げられ、腰骨を砕かれてしまいそうな疼きが脳天を突き抜けた。ようやく光彬の袴を下ろすことに成功した純皓が手早く下帯を解き、露わになった肉茎を握り込んでいる。

「少し…おいたが過ぎるんじゃないか、光彬…？」

欠点などおよそ見付けられない麗(うるわ)しいかんばせをおもむろに寄せ、純皓は紅い唇をほころばせる。

「純、皓…、……」

「欲しいのが、お前だけだと思うなよ……？　……俺だって……」

――光彬を貪りたい。妻はお前だけだと、誰を差し置いても愛するのはお前だけだという誓いを、互いの身に刻み込んでやりたい。

嗜虐(しぎゃく)の光を帯びてなお美しい瞳が、純皓の渇望(かつぼう)を映し出す。

畳に押し付けられた背筋を這い上がったのは、悪寒と紙一重の悦楽だ。まるで対等な相手と、真剣で死合(しあ)うかのような。

「っ…あ、……っ!?」

ほとんどぶつかるように唇を奪われ、光彬を捕らえる純皓の手がわずかに緩んだ。その隙を見逃さず、光彬はうっすら開いた狭間から舌を潜り込ませる。純皓の後頭部に手を回し、強く引き寄せながら。

……お前だけだ、純皓。

互いの吐息と唾液を混ぜ合わせ、奪い合い、与え合う。喰らっても喰らわれてもまだ満ち足りないのなら、いったいどうすればこの男を自分だけのものにしておけるのか。きっと純皓も同じ葛藤に苦しんでいるに違いない。

……俺の妻はお前だけしか居ない。どんな美姫が現れようと、俺はお前だけしか愛せない。言葉なら、後でいくらでも捧げてやれる。けれど今、光彬が欲しいのは形の無いものではなく、この手に触れられる純皓という存在なのだ。

ぬちゅ、くちゅ、と粘ついた水音をたてるのは絡み合った舌か、光彬の手に収められた肉刀か。長い髪をぐいと引き、少し浮いた口内に、光彬は解けた舌を一気に突き入れた。

主導権を取り戻そうとあがいていた純皓は不意を突かれ、されるがままぬめる口内を蹂躙される。

「ん……っ、…ふ…っ…、…ぅ……」

くぐもった喘ぎは少しずつ快楽に染まり、光彬の肉茎を捕らえた指からも力が抜けていく。

黒い瞳がとろけてきたのを見計らい、光彬は純皓の頭を押さえ付けていた手をそっと外した。気付いているだろうに、捕食めいた口付けから逃れようとしない妻が愛おしくて、ただ夫の肉茎を覆っているだけの純皓の手に己のそれを重ねる。

一緒に肉茎を握り込んだ瞬間、物欲しそうに震えていた先端からどろりと大量の先走りが溢れた。

「…う…っ…」

「ふ…ぅ…、ん……っ…」

互いの口内を甘く震わせる嬌声は、さらなる快感の呼び水だ。右手で純皓の肉刀を、左手で純皓ごと己の肉茎を扱きたてながら、肉厚な舌をねちねちと貪る。時折、やわらかい肉に歯をたててしまいたくなる衝動を噛み殺しているうちに、身体は果ての無い欲望の炎にじりじりと焼かれていく。

……何故、だ？

純皓の重みを受け止め、全身で純皓を味わっているのに、まだ足りない。身体の中の虚ろが、まるで満たされないなんて。

「…す、…みひ、…ろ…」

光彬はゆっくりと唇を離し、片膝を立てた。中途半端に絡まっていた袴が、するすると落ちていく。

「光、彬…？」

「…俺を…、……満たして、くれ」

頼むから——そう懇願する代わりに、熱を帯び始めた膝頭で純皓の脇をなぞった。羽織ったままの打掛に施された刺繍のかすかにざらついた感触にすら、身の内の熱を煽られる。

…早く、早く。

耳元で何かが囁いた。一刻も早く純皓を我が身に…さもなくば、さもなくば…。

「お前が……欲しくて、……狂ってしまいそうだ……」

「――っ…！」

黒い瞳に溢れ出した激情がうねりを打ち、嵐の海のように荒れ狂った。純皓が怒るのも当然だ。さんざん好き放題に狼藉を働いておきながらどうにかしてくれだなんて、身勝手にもほどがある。

けれど――。

「…この、魔性が…っ」

純皓は煮えくり返る激情を飲み下し、共に肉茎を扱いていた光彬の手を一瞬で解いた。自由になった指が口元に突き出される。

喜悦に打ち震えながら光彬は口を開き、二本まとめて入ってくる指を咥えた。今すぐこうしてやる、と見せ付けるかのようにぐちゅぐちゅと無遠慮に舌を撫で、喉奥にまで出入りするそれに唾液を絡め、しゃぶりたてる。敏感な口蓋を指先になぞり上げられるだけで、全身が期待に震えてしまう。

……そうだ、わかっていた。

純皓が光彬に怒りをぶつけるわけがないと。何があっても最後には許し、願いを聞き入れてくれると。今でさえ、早く貫いて欲しいばかりに腰を揺らめかせ、純皓の肉刀を揉みしだいてしまう光彬を許してくれているのだから。

「……ぁ…っ…」

しとどに濡れた二本の指が、粘膜を撫でながらずるりと引き出された。純皓はやおら身を起こし、ほとんど脱げかけていた打掛を小袖ごと脱ぎ落とす。色鮮やかな絹の羽根を広げた男が天女もかくやの甘い微笑みを浮かべる。

「……光彬」

「あ…、…あぁ…」

詰めていた息を吐き、肉刀を解放すると、光彬はおもむろに脚を開いた。激情の名残をとどめた黒い瞳が猫のように細められ、光彬の股間からその奥に息づく蕾を舐めていく。

純皓はしなやかな脚を片方抱え上げ、露わにされた蕾に濡れた指を沈めた。

「……あ!」

感じるところばかりをなぞり、的確に情けどころを捉えるのは純皓の技量ゆえか、それとも光彬がいちいち声を上げてしまうせいか。

もう何年も床を共にしてきて、互いの癖も弱い部分も知り尽くしているはずなのに、触れられると反応せずにはいられない。

…だがそれは、純皓とて同じこと。

「は…ぁ…っ、はっ…、はぁっ……」

切れ切れの荒い息を吐く唇を手の甲で乱暴に拭い、純皓は潜り込ませた指をぐちぐちとうごめかせる。情けどころをまさぐられ、抱え上げられた脚をびくんと跳ねさせれば、やわな太股の内側を思うさまついばまれた。

「…ひ、…っ…！」

そのまま食い込んでくる歯は、さっきまでの意趣返しに違いない。同時に媚肉を拡げられ、怒張した肉刀をぐりぐり股間に押し付けられても、今の光彬には悦楽と歓喜しかもたらさないのだけれど。

熱く漲る肉刀の下で、光彬の肉茎は二つ目の心の臓のようにどくどくと脈打っている。もう長くは持つまい。だからこそ光彬は無数の蛇のごとく乱れうねる黒髪をかき上げ、上気した頬に口付けながら囁く。

「……お前とつながって、果てたい……」

「っ…、……、…………！」

ぱっと上げられた妻の顔が、みるまに赤く染まっていく。ぱくぱくするばかりの口で何を言いたかったのか。

後で寝物語に尋ねてみたら『お前はどうしてこういう時にそんなことを』と詰られていたらしい。光彬はただ、素直な気持ちを告げただけなのに。

「…ぁ…、…あ、……あああぁ…っ……！」

指を引き抜かれるや、高く脚を掲げられたまま蕾に肉刀を突き立てられた。望み通り一息に根元まで収められたそれを、光彬は歓喜にざわめく媚肉で受け止める。貫かれた瞬間、肉茎がぶちまけた精で腹をべっとりと濡らして。

「…改めて、誓う……純皓」

「っ…、光彬…っ…？」

「俺の妻は、お前だけ…、俺が愛するのも、お前、だけだ……」

「は…、…あ、……あ、……光彬……っ！」

ぶるりと胴震いした肉刀からおびただしい量の精が放たれ、熱に焦がれる媚肉に降り注ぐ。

内側を濡らされる感覚に光彬が四肢(しし)をわななかせている間にも、達したばかりの肉刀は媚肉の鞘(さや)の中で逞(たくま)しさを取り戻していく。

……今宵は、眠らせてもらえぬかもしれんな。

それでもいい…否、それがいいと光彬は笑い、妻の首筋に腕を回す。

純皓の精も根も尽き果てるまで貪ることこそ、光彬の願いなのだから。


優しく頬を撫でられる感覚で目を覚ますと、光彬は柔らかな絹の褥(しとね)に横たえられていた。

行燈(あんどん)の頼りない灯りに見慣れた天井が浮かび上がり、小さく息を吐く。眠っている間に、大奥の寝所(しんじょ)である御小座敷(おこざしき)に運ばれていたようだ。

そして光彬に枕代わりの腕を差し出し、そっと覗き込んでくるのは……。

「……純皓、か」

いつもより鳴かされたせいか、少しかすれた声で囁けば、つんっと頬をつつかれた。

「俺以外に、お前にこんな真似をするやつが居るのか？」

「いや、…天女が添い寝でもしてくれていたのかと思ってな」

「………………」

思ったままを告げただけなのに、純皓は何故か苦虫を噛み潰したような顔になった。

頬から項、肩口へと手を滑らせ、あちこちにぺたぺたと触れていく。情欲を呼び覚ますのではなく、何かを確かめるための手付きだ。

「どうした、純皓」

「…それは俺の方が聞きたい。光彬…お前、今日はいったいどうしちまったんだ。佐津間との交渉で心労が重なって、おかしくなってるんじゃないだろうな」

おかしくなっているとは？　真剣に考えてみるが、何も思い付かない。

やがて純皓は焦れたように光彬の鼻をつまんだ。う、と小さく呻けば、後ろ頭に回された手でいい子いい子と撫でられる。

「まだ陽も高かったのにその気になって、俺を乗っからせたり…その後もやたらと攻めたがったくせに、いきなり俺の好きなようにさせて善がりまくったり、目が覚めたら覚めたで天女だの何だのと…」

「…不愉快だったか？」

「そんなわけないだろう」

不覚にもときめいた、と気恥ずかしそうに白状する純皓が可愛くてたまらない。もっともっと恥ずかしがらせてやりたい。

伸び上がって唇を奪おうとしたら、素早く掌を差し込まれてしまった。

「おい…、だからそういうところなんだよ。さっきから言っているだろう？」

「そういうところ？　さっきも今も、俺はただしたいようにしているだけなんだが。お前が愛おしくて、欲しくてたまらなくなったから抱いたし、お前と一つになれるならどんな形でもいいと思ったから抱かれたんだ」

「……、……」

「だいたい、おかしいと言うのならお前もそうだったのではないか？　…鶴松と富貴子姫が訪れる前の話だが」

桐姫について打診するつもりが妙な香を嗅がされ、いつの間にか洗いざらい吐かされていた。咲が制裁覚悟で乱入し、鶴松と富貴子が訪れてくれなかったら、光彬はおそらく――。

「……さらってしまうつもりだった」

薄闇でもはっきりわかるほど顔を赤く染め、口をぱくぱくさせていた純皓が、ふいに濃密な陰を纏った。

じじ、と行燈の炎が揺れる。

「お前を、俺と限られた配下しか知らないねぐらにさらって、死ぬまで…いや、死んでも閉じ込めておくつもりだった。佐津間が郁姫とは別の姫を押し付けてくるのは、最初から予想がついていたからな」

「…妙な香を使って、俺から交渉の内容を聞き出そうとしたのは？」

「香が効くまでの時間稼ぎだ。お前はああいうたぐいの薬が効きづらそうだからな。能登守の提案はさすがに予想外だったが」

あの香は純皓が配下の薬師に研究させて作り出した秘蔵のもので、耐性のある咲と純皓には効かないが、嗅いだ者の思考と判断力を奪い、従順にさせる効果があるという。一度に大量に嗅ぎ過ぎた場合、生きた屍と化す可能性も高いらしい。だから咲はあれだけ必死に止めたのだろう。

だが純皓はやめなかった。それはつまり…。

「いっそお前が、何も考えられない人形になればいいと思った」

「純皓……」

「そうすればもう、何も悩まなくていい。佐津間も朝廷も、幕府も政も……」

…あの時、すでに察してはいた。純皓が何を考え、何をするつもりだったのか。

けれど実際に純皓の口から聞かされれば、心に少なくない痛手を負うのだろうと覚悟していた。だが、……だが……。

「……お前は、優しいな」

光彬は目の前にかざされていた掌に唇を押し当て、ぎゅっと胸に抱き込んだ。完全に意表を突かれたのか、されるがままの純皓の胸に額をくっつける。伝わってくる力強い鼓動が、このまま再び眠ってしまいそうなほど心地よい。

「…優しい、だって？　お前…、生き人形にされかけたくせに…」

「優しいさ。俺が弱っていくところを見ていられなくて、助けてくれようとしたのだろう？」

心の中が、ほわほわと温かかった。…門脇も主殿頭も隼人(はやと)も彦之進(ひこのしん)も、山吹(やまぶき)も小姓(こしょう)たちも…家臣は皆、光彬を支えると誓ってくれた。幼い弟たちさえも。

嬉しかったし、頼もしかった。その気持ちは紛れもない真実だ。

……でも、逃げろと言ってくれたのは純皓だけだった。

わかっている。逃げ道を示されたところで、光彬は逃げられない。撤退など死んでも許されない。将軍とはそういうものだ。

それでも――何もかも捨てて逃げていいのだと、将軍ではなくなった光彬でも受け止めてやると言ってくれる存在は、本当にありがたかった。臣下たちの前では決して見せられない涙を、流してしまうほどに。

「お前が妻でいてくれて、本当に良かった」

夜着の濡れる感覚で、そうと悟ったのだろう。震える光彬の背に、純皓は戸惑いながらも腕を回し、子どもをあやすようにさすってくれる。

「…その割には、ここに来た時には能登守の提案を受け容れるつもりだったようだが？」

「そのことなら、確かにそうだ。俺は桐姫を側室候補の御中臈として迎え、そして……その後すぐ将軍の位を鶴松に譲ると、お前にそう説明するつもりだった」

「――何、……だと？」

いきなり顎を掬い上げられる。

ずいと迫ってきた純皓の顔が珍しいくらい驚愕に染まっていたので、涙は引っ込んでしまった。ぱちぱちとしばたたくまなじりから落ちる雫を舐め取り、純皓はさらに顔を寄せる。

「…お前、…今、何て言った？」

「うん…？　だから、俺は桐姫を側室候補の…」

「そこじゃない、その次だ。……将軍の位を、譲ると言ったのか？」

背を抱く腕がわなわなと震えている。光彬が自ら将軍位を退くなんて、夢にも思わなかったのだろう。

「言ったが、それがどうした」

「……、『言ったが』、じゃない！　お前…、お前、どうしてそんなことを…」

――俺の、せいか。

声にならない呟きを唇から読み取り、光彬は『違う』と首を振る。

「俺はずっと、どうすれば佐津間が朝廷を通して突き付けてきた条件を跳ね返せるか…あるいはかわせるかと考えてきた。だが中奥の皆のおかげでふっと背中の荷が軽くなった時、唐突に閃いたのだ。跳ね返すのでもかわすのでもない、第三の道を」

「…それが、鶴松への譲位なのか」

「ああ。佐津間が挙げてきた条件のうち、将軍家として決して受け容れられないのは、俺と桐姫の間に生まれた子を世継ぎに据えること…佐津間の血を将軍家に入れることだ」

一方で、将軍家に佐津間の血を入れることこそ佐津間の最大の悲願である。側室候補の御中臈としてであっても、藩主の妹姫が大奥に受け容れられるのなら譲歩するだろう。光彬の手さえ付いてしまえば、後は同じことなのだから。

だが、そこで光彬が将軍の座を鶴松に譲ってしまったら？

「たとえ将軍位を退いても、俺は大御所として恵渡城に留まり、幼い将軍を後見するという形で政に関わることは出来る。神君光嘉公がそうなさったようにな。しかし…」

「大奥は将軍の交替に合わせて入れ替えが行われる。まだお手付きになっていなかった桐姫は大奥に残ることになるが、鶴松は未だ幼い。満足に女の相手が出来るようになるのは、十年は先になる…、か」

溜息を吐く純皓は、そこから先の展開が見えているのだろう。

光彬の子を産ませるために大奥入りさせるのだから、桐姫は今が適齢期の娘であるはずだ。おそらくは十六歳前後、最高でも二十歳。花も盛りの娘であろう。

だがそんな娘も、十年経てば三十歳前後。大奥の不文律においては将軍の伽を辞退しなければならない、いわゆる『お褥すべり』の年頃だ。代々の御台所でさえそうだったのだから、大名の姫に過ぎぬ桐姫も従わざるを得ない。

桐姫を受け容れることですでに条件は果たされたのだから、隆義は次の姫を押し込むことも出来ない。

かくして将軍家の血筋は守られることになるだろう――が。

「……まさかお前が、ここまで思い切った策に出るとはな」

「そんなに驚くことか？」

「驚くに決まっているだろう。だって、今までのお前なら…」

純皓はそこで黙ってしまったが、言おうとしていたことは察しがつく。

「…そうだな。今までの俺なら桐姫を哀れみ、鶴松に重荷を負わせたくないがあまり、譲位など考えもしなかっただろう」

「……」

「だが、皆に気付かせてもらったのだ。俺一人で全てを背負い込もうとするのもまた、傲慢であると。そして考えた。俺を支えてくれる存在、敵対する存在、どちらにもつかぬ存在…たとえ犠牲を払ってもいい。全てを巻き込んで最善の結果を導き出すには、どうすればいいのかと」

その結論が鶴松に将軍の位を譲ることだったわけだが、純皓と咲、そして鶴松と富貴子という思わぬ乱入者によって事態は予想外の方向へ飛び出していってしまった。

今や光彬が必死に練った策はその原形さえ留めていないが、不思議なくらい気分がいい。…幕政に関わらぬ場所にも、自分の味方は居てくれるのだとわかったから。

「……幕府を、…いや、お前を追い詰めたこと。志満津隆義は、死の間際まで悔やむことになるだろうな」

まじまじと光彬を見詰めていた純皓が、深い息を吐いた。感嘆と畏怖の混じり合った表情は、妻というより「八虹」の長のそれだ。西の都の帝であろうと将軍であろうと貧しい物乞いであろうと構わず、冷静に本質を見極める。

「…純皓？」

「これまでのお前は万人(ばんにん)をあまねく公平に照らし、温もりを降り注ぐ恵みの太陽だった。たとえ敵でもその恩恵にあずかれた。だが今のお前は敵を利用し、場合によっては味方に犠牲を強(し)いることをためらわなくなった。…化けたな。恵みの太陽から、烈日(れつじつ)に」

烈日。

容赦無く照り付け、大地と人に渇きをもたらす真夏の太陽。そんな物騒(ぶっそう)なものになった覚えは無いが、純皓が言うのならそうなのだろう。

「……恐ろしいか？　俺が」

「まさか」

純皓は鼻先で笑い、柔らかな唇を光彬のそれに押し付ける。ちゅっ、と場違いなくらい軽い音をたてて。

「惚れ直したさ。それでこそ俺の夫だ」

「そうか。……お揃いだな」

笑みを交わし、どちらからともなく両脚を絡め合う。まだ寒さの厳しい夜、愛しい妻の温もりが肌にじんわりと染み渡り、光彬をとろとろとした眠りへ誘う。

「…化けたのは俺も同じか」

腕の中に夫を抱き込み、純皓はどこか途方に暮れたように呟いた。

「お前を閉じ込めるんじゃなく、お前が築いてきた縁のつながる先を見てみたいと思ってしまったんだから……」


――佐津間(さつま)藩主・志満津隆義(しまづたかよし)の妹、桐(きり)姫を御中臈(おちゅうろう)として大奥に迎え入れる。

恵渡(えど)城からの使者が光彬(みつあき)の意を通達するや、佐津間藩邸は蜂(はち)の巣をつついたような大騒ぎに陥(おちい)った。隆義も少々驚いた。幕府はもっと結論を引き延ばすものだと思っていたのだ。

朝廷に仲裁役を頼んだ交渉は未だ始まったばかり。のっけから無理難題を突き付けたという自覚は、藩主の隆義のみならず藩邸の全員にある。これから丁々発止の論戦が始まると身構えていただけに、肩透かしを喰らった気分だ。

家臣たちはおおむね喜んでいる。側室ではなくあくまで候補という形ではあるが、あちらから志満津の姫を迎えると申し出てきたのだ。

お飾りの御台所を除けば、将軍の側室…次期将軍の生母は幕臣か恵渡の町人の娘がほとんどだった。そこへ幕府から冷遇されてきた西海道の大名の姫が連なるのだから、今までの鬱屈が晴れた心地なのだろう。

「……無邪気なものよな」

「殿？」

「何でもない。…あの者はまだか？」

脇息にもたれたまま問えば、傍仕えの小姓は困ったように眉を寄せた。

「それが、まだ…。先ほどから何度も使者を遣わし、急かしているのではございますが…」

「今一度使者を送れ。あと一刻以内に来なければ、花代は全てそちらに支払わせると脅せ」

「……承知いたしました」

小姓は複雑そうな面持ちで退出していった。仮にも公卿と呼ばれ、身分だけなら主君より高い都からの高貴な客人が昼間から葦原にしけこみ、遊女と戯れるような御仁とは思わなかったのだろう。

武をもって鳴る志満津の家臣が何度も遊郭（ゆうかく）に足を運び、花代をちらつかせて催促するなど、屈辱でしかない。しかもそれが最も効果の高い手段だというのだから泣けてくる。

あのような愚か者、傍に置いてはなりませぬと側近たちには何度も諫言（かんげん）された。隆義とて、可能ならすぐにでも首と胴を泣き別れにして叩き出してやりたいところだが、そうは出来ない理由がある。

「待たせたかな、左近衛少将（さこんえのしょうしょう）」

半刻後。悠長に扇子（せんす）を揺らしながら現れたのは、華やかな友禅（ゆうぜん）の振袖（ふりそで）と袴（はかま）に身を包んだ男だった。

不惑（ふわく）も近いというのに若衆（わかしゅ）気取りとは痛々しい。若かりし頃にはそれなりに整い、女心を騒がせたであろう顔も白粉（おしろい）ではごまかしきれないたるみとしわが刻まれ、滑稽（こっけい）さに拍車をかけていた。粋（いき）を尊ぶ恵渡の遊女たちには、景気よくばらまかれる金子（きんす）が無ければ相手にもされなかったに違いない。

「さほどのことはございませぬ。兵部卿（ひょうぶきょう）におかれましては早々のお出まし、恐縮にございまする」

内心の苛立ちを押し隠し、上座を譲り渡すと、隆義は深く頭を下げた。武辺者（ぶへんもの）と侮（あなど）られがちの隆義だが、この程度の腹芸くらい出来なければ藩主など務まらない。

「良い良い。後朝の別れを惜しめるでもなし、恵渡の女子の柔肌にも少しばかり食傷ぎみであったところじゃ。…して、まろの謁見を願ったということは、そろそろ…」

「はっ、卿のお力をお借りする時が参りました。…よろしゅうございましょうか？」

「ほほほ、ほほほほほほほ！　むろんじゃ。任せておじゃれ」

　突き出た下腹を揺らしながら、男は愉快そうに笑う。

　厚塗りの白粉の下にちらつく安堵を、隆義は見逃さなかった。あらゆる遊蕩を許され、遊び歩いてみても、なすべきことを知らされず放置される日々には不安を覚えずにいられなかったのだろう。

「おおまかなところは以前お伝えした通りにございますが、詳細につきましてはこの者より改めてご説明申し上げまする」

　隆義が掌を打ち鳴らすと、廊下から目付きの鋭い男が静かに現れた。志満津家に代々仕える名門の出であり、隆義の側近の一人だが、むろん官位などは有していない。

「……良かろう。大事の前じゃ、地下の者でも直答を許す」

　しばしもったいぶってから、男は侮蔑を隠しもせず紅い唇を吊り上げた。ざわつく心をなだめ、隆義は頭を下げる。

「ありがたき仰せ、感謝申し上げまする。…では、さっそく…」

　隆義の合図を受けた側近と共に、男は踊るような足取りで引き上げていった。あの側近は優秀だ。身分しか取り柄の無い役立たずの貴族でも、うまくおだてて働かせるだろう。任せておけば間違いはあるまい。

「…して、いつまでそこに隠れているつもりだ？　麗皓（つぐひろ）」

小姓まで下がらせて一人になると、隆義は眉間を揉（も）み込みながら呟いた。

ふっと微笑む気配と共に襖（ふすま）を開いたのは、春の空を染め上げる桜よりもあでやかな青年だ。さっきの男に比べればずいぶんと質素な薄墨色（うすずみいろ）の狩衣（かりぎぬ）姿が、生きた花の如（ごと）き美貌を引き立てている。

紫藤麗皓――新たな武家伝奏（ぶけてんそう）となり、隆義と共に幕府を混乱の渦（うず）に巻き込んでいる青年は優雅に一礼した。

「申し訳ございませぬ。隠れるつもりは無かったのですが、兄が居るのなら私は顔を出さない方が良いかと思いまして」

「……兄、か」

同じ血が流れていながらどうしてこうも違うのかと、隆義は最近血の不思議さについて悩んでばかりいる。

さっきの傲慢極まりない男は、麗皓の兄にして次期紫藤（しとう）家当主、紫藤和皓（かずひろ）なのだ。それも父たる右大臣と宮家の姫だった正室の間に生まれ、伝統と血筋と家柄、公家（くげ）として必要なもの全てを備えた完全無欠の男――のはずだった。

だが和皓には知性と自制心という、人として最も大切なものが欠けていた。家柄をかさにどんなわがままも押し通し、年頃になって女色（にょしょく）の味を覚えてからは、少しでも興味を持った女はことごとく我がものにしてきたのだ。無理やり操（みさお）を奪われた女も多かったようだが、事件は全て右大臣によって闇に葬（ほうむ）り去られた。

しかし、いくら庇（かば）われても反省しない和皓が同じ過（あやま）ちをくり返せば、狭い公家社会にその悪行は知れ渡ってしまう。

朝廷も醜聞まみれの和皓をあからさまに重用（ちょうよう）するわけにもいかず、齢（よわい）四十近くにして兵部卿に留めていた。兵部卿は軍事を司（つかさど）る兵部の長官だが、陽ノ本（ひのもと）の軍事力の全てが幕府に握られている今、格式が高いだけのお飾りと化している。仮にも紫藤家の直系ともあろう男が、留め置かれるような官位ではない。

同年代の公卿で家督（かとく）を譲られていない者は和皓くらいだろう。こんな息子に家督を譲れば紫藤家がどうなるか、わかってしまうからこそ右大臣は隠居しないのだが、和皓に己を正確に分析する能力など備わっていない。自分は不当に扱われている、自分はこんなところで終わっていい存在ではないと、和皓は日々不満をつのらせていた。

だから麗皓が亡き廣橋（ひろはし）と共に恵渡へ向かう際、従者に変装して同行するという屈辱的な旅もやってのけたのだ。

恵渡で隆義の依頼を見事に遂行すれば、佐津間藩が後ろ盾（だて）となり、朝廷での昇進と紫藤家の家督相続を約束する。麗皓の囁く甘い言葉を、疑いもしなかった。

恵渡に着いてからは適当に酒や女をあてがい、無駄に高い矜持をくすぐり、監視がてら懐柔してきたわけだが…。

「…正直、疑ってばかりいる。あの愚図にそこまでする価値があったのか、とな。どこかから売れない役者でもさらってきた方がよほど安上がりだったのではないか？」

和皓が葦原で散財した額を思い浮かべると、舌打ちをしたくなる。ご禁制の密輸で相応に稼いでいるとはいっても、愚物に浪費させられるほど業腹なことは無い。

「兄の無礼は私からお詫び申し上げます。左近衛少将様が苛立たれるのはもっともなれど、この件には兄でなければならない理由があるのです」

「……」

「兄には後ほど私からしかと言い聞かせておきますゆえ、ご容赦を願いたく…。……、左近衛少将様？」

むっつり口を引き結んでいると、麗皓は黒い瞳を気遣わしげに細めた。

この男は本当にたちが悪いと思うのはこういう時だ。心などここには無いくせに、本当に心配しているように見えるのだから。…もっともそうと承知で傍に置く自分の方が、よほど悪質かもしれないが。

「……近う」

くい、と顎をしゃくる。和皓なら無礼者と逆上するだろうが、同じ血の流れる弟は眉一つ動かさずに従い、隆義から人一人分くらい離れたところに腰を下ろした。

閨で幾度も嗅いだ香りがふわりと漂う。

たまらなくなって腕を掴み、乱暴に引き寄せれば、麗皓は従順に腕の中に収まった。狩衣の襟をずり下げ、さらされた白い項に鼻先を埋める。本当は噛み付いてやりたかったが、昼間から褥にしけ込むわけにもいかない。

「愚図などお前の好きにすれば良い。そんなことより…」

「恵渡城からの使者の件にございますね。…桐姫様の大奥入り、首尾よう進み何よりでございました」

打てば響く受け答えに、機嫌が少しだけ回復する。この聡明さをわずかでも有していれば、和皓も弟の手駒になどされなかったであろうに。

「それもお前が能登守を手懐けてくれたおかげだ。やはり老中を引き込めたのは大きい」

「もったいないお言葉にございます」

「あの者は今やお前の傀儡に過ぎん。先ほど秘密裏に書状を寄越したが、姫の後見は任せて欲しいとのことであった。…亡き父の件があったとはいえ、幕政の要たる老中を思うがまま操るか。俺を懐柔したのと同じ手を使ったのではあるまいな?」

隆義が両目に殺気を宿らせれば、長く仕えてきた側近たちさえ竦み上がる。だが雅を体現する貴公子は小揺るぎもせず、胸元に回された隆義の手に己のそれを重ねる。

「まさか、そのような。誠意をもって説得した、それだけでございます。我が身は少将様だけのものにございますゆえ」

「…誠意？　くだらん。そんなもので人が動くのなら、天下は七条ではなく志満津が獲っておったわ」

「どうやら私の誠意と左近衛少将様の誠意は、甚だ遺憾ながら、似て非なるもののようにございますね」

優美な笑みに見惚れかけ、隆義はちっと舌を打った。こういう顔をする時の麗皓に、何を聞いてもはぐらかされるだけ。時間の無駄である。

「……まあ良い。その身体を使うのでもない限り、懐柔の手段は問わん」

「今の私にそのような真似が可能かどうかは、貴方様が一番よくご存知でしょう？　……隆義様」

閨でしか呼ばない名に、あえかな熱がこもる。

今籠絡されているのは自分だとわかってはいたが、熟した白い肌に手を伸ばさずにはいられなかった。

光彬が佐津間藩邸に遣わした使者は、藩主隆義からの返事を持って恵渡城に帰った。書状には幕府からの申し出を受け容れること、さっそく桐姫の大奥入りの支度を進めることが記されており、完全に乾ききらぬ墨痕から歓喜が滲み出るようだった。

その後の協議により桐姫は支度が整い次第大奥入りすることが決まり、何と協議の二日後には大奥に乗り込んできた。

あくまで側室候補であるという理由から光彬との対面は未だ済んでいないが、教育係を買って出た富貴子によれば『なまじの公家の姫より公家らしい、たいへん教育のしがいのある御方』だそうだ。富貴子は家格の低い公家の出身で、大奥に入るに当たり紫藤家と同格の高位公家、紅城家に養女に入った娘である。その富貴子にそこまで言わせる桐姫とはどのような姫なのか…あまり想像はしたくない。

――だが桐姫の大奥入りにより、佐津間藩と幕府の交渉はにわかに今までとは違う色合いを帯びる。

これまで佐津間藩は藩主の妹姫を幕臣に殺されたという大義名分のもと、どこまでも強硬な態度に出ており、幕府は苦々しく思いつつも許容してきた。だが幕府側から大幅な譲歩を見せた以上、佐津間藩も追及の手をある程度は緩めざるを得ない。

大奥は将軍以外の男子は入れない禁断の花園であり、いったん中に入ってしまえば、誰であろうとその身は御台所の支配下に置かれるのだ。幕府の…将軍の機嫌を損ね、御台所が姫を大奥ぐるみで折檻するような事態だけは、佐津間藩としても避けなければならなかった。
そこまでいかずとも、交渉における佐津間藩の態度は大奥での桐姫の待遇に直結する。
ただでさえ御台所以下、奥女中全てに恨まれながらの大奥入りだ。神君光嘉公以来の鬱屈を晴らしたい佐津間藩といえど、藩の期待を一身に背負う姫を思えば、責め立てる一方ではいられない。

「本日の交渉にて、佐津間側から次回交渉までの間に一月ほど空けたいとの申し出がございました」

門脇の取り次ぎで中奥に現れた常盤主殿頭が、挨拶も早々に報告した。今日は能登守は同行していないから、言葉を取り繕う必要も無い。ふむ、と光彬は頷く。

「さっそく譲ってきたか。姫にはどうかご容赦を、ということかな」

「姫の大奥入りの支度のため人手が入用、と申してはおりましたが、上様の仰せの通りにございましょうな」

幕府との対立が鮮明になったこの状況で一月の猶予を与える、というのは佐津間藩側のあからさまな譲歩だ。
交渉が行われている間にも、旧饒肥藩に派遣された調査団は現地調査を進めている。佐津間藩は旧饒肥藩のかどわかしに関与していたからこそ手を引かせようとしているわけだが、ここで一月の期間が与えられれば、調査は大幅に進捗するだろう。

むろん佐津間藩とてそこは承知しているはずだ。その上での譲歩ならば、つまりは。

「左近衛少将…隆義は、桐姫を郁姫のように使い捨てる気は無いようだ」

「妹姫が立て続けに二人も死ねば、さすがに自作自演を怪しむ者が出て参りましょうからな。加えて桐姫の生母は有力な家臣の娘と聞きます。万が一命を落とせば猛抗議を受けるは必至。あの傲岸不遜な男といえど、そこまでの危険は冒せますまい」

首肯する主殿頭は、光彬から武家伝奏一行襲撃事件の真相――麗皓と隆義の陰謀や、玉兎の存在に至るまで打ち明けられている。

亡き祖父彦十郎に執着し、その血筋を受け継がせたいがあまり光彬に女をあてがおうとしている――病さえも自在に操る『神』。にわかには信じがたい存在だろうに、あっさり受け容れてくれたのは、さすが祖父の親友だった男と言おうか。

「そうだな。…それで、調査団からの連絡は？」

「二日ほど前にございました。……上様、少しお耳を拝借してもよろしゅうございましょうか」

真剣な表情の主殿頭がにじり寄る。門脇は表に呼び出されてしまい、ここには隼人と彦之進が控えているだけなのだが、彼らにも聞かせられないほどの大事ということか。おそらく調査団からの報告書は、主殿頭によって焼き捨てられたのだろう。

素直に耳を貸してやれば、主殿頭はひそめた声を吹き込む。

「――旧饒肥藩にかどわかされた者たちの中には、琉球から澳門を経由し、西班牙王国や葡萄牙王国へ奴隷として売られていった者も存在するようでございます」

「……っ！　まことか？」

「旧饒肥藩の家老に仕えていたという者を捕らえ、尋問したところ、陽ノ本とは異なる言語を使う南蛮人を何度も藩邸で見かけたとのこと。彼らが去った後は必ず、かどわかされてきた者たちがごっそり減っていたそうにございます」

「何と……」

光彬はぐっと拳を握った。

…主殿頭が外聞をはばかるわけだ。現在、陽ノ本との貿易を許されているのは清国と阿蘭陀のみ。それも永崎の出島においてのみであり、外つ国の人間が幕府の許し無く出島の外を出歩くことは許されない。

そのご禁制を破っただけでも大罪なのに、民を奴隷として外つ国に売り飛ばすなど幕府に対し弓を引くも同然だ。戦国の世であれば将軍自ら大軍を率い、佐津間藩に攻め込んでいる事態である。

「…いよいよもって、佐津間藩の条件を呑むわけにはいかなくなってきたな」

嘆息する光彬に、御意、と主殿頭も頷いた。

「旧饒肥藩のような小藩のみで外つ国との人身売買を行うのは、まず不可能にございまする。佐津間藩は戦国の時代より、火薬の代償として南蛮人どもに陽ノ本の民を売り飛ばしており申した。その経験と情報の蓄積、売買経路の提供と引き換えに、分け前を要求していたのでございましょう」

「朝廷の御扱い(おあつか)が成功し、幕府が佐津間藩に屈するようなことになれば、西海道は南蛮人どもが陽ノ本に侵入するための橋頭堡(きょうとうほ)になりかねん。…隆義め…、ここまで堕(お)ちていたか…！」

腹の底から怒りの炎が燃え上がる。

その昔神君光嘉公が清国、阿蘭陀以外を除き国を閉ざしたのは、陽ノ本を守るためだ。南蛮の国々は戦国の時代から大航海に乗り出し、武力にものを言わせ、周辺諸国を植民地と化してきた。そうしていよいよ陽ノ本に狙いを定めたのだ。

戦乱に疲弊(ひへい)した当時の陽ノ本では、南蛮人たちに対抗するのは不可能だった。だから光嘉公は国ごと閉ざし、彼らを寄せ付けないことで陽ノ本を守ったのだ。

さもなくば陽ノ本は今頃南蛮諸国に蹂躙(じゅうりん)され、属国(ぞっこく)に堕とされていただろう。民は南蛮のために働かされ、南蛮の争いのために戦う尖兵(せんぺい)にされていたに違いない。…想像するだけで腸(はらわた)が煮えくり返る。

「左近衛少将も、さすがに陽ノ本を外つ国に売り渡す気はございますまい。南蛮との貿易で金子を蓄(たくわ)え、上様に妹姫をあてがい、生まれた子が将軍になったら外つ国との交易制限を撤廃させる。その上で佐津間藩は南蛮に特別な地位を約束させ、奴隷と引き換えに南蛮の武器を独占入手し、幕府を乗っ取る…そのような絵図を描いているのではありませぬかな」

「ますますたちが悪い。南蛮の者どもが奴隷だけで満足すると思うか？　いずれ南蛮は自分たちが佐津間藩にとって必要不可欠な存在となったら、自分たちのために戦い、陽ノ本の実権を引き渡せと迫ってくるだろう。…その時、佐津間藩にも幕府にも抗う力は無い」

光彬とて、いつまでも国を閉ざし続けるのが良いこととは思わない。

年に数度、永崎から阿蘭陀商館の一行が恵渡城に参上するが、その話を聞くにつけ、外つ国には陽ノ本には無い様々な制度や進んだ学問があり、陽ノ本が大きな時代の流れの中に取り残されつつあることを痛感させられる。戦乱の傷が完全に癒えた今なら、対等に渡り合いその文化を吸収することも可能…いや、そうするべきなのだ。

南蛮は遠い欧羅巴から陽ノ本までたどり着けるだけの航海技術を有している。いつか武装した艦船が陽ノ本に押し寄せ、大砲を振りかざし、力ずくでの開国を迫る。そんな日が訪れないとは限らないのだから。

だがそれは一方的な蹂躙を受けぬよう、慎重な舵取りと議論を重ねた上での話だ。隆義の考えるように、ほんの十数年で一気呵成になし遂げてしまえるものではない。無理を通そうとすれば南蛮に付け込まれ、いいように操られ……最後に泣かされるのは罪無き民だ。

「…家老に仕えていたという者の話、間違いは無いのだな？」

「他にも何人か捕らえ、裏付けは取ってございます。それから、調査団の者が沖合に出現し、慌てて引き返していく大型船を数度目撃したそうですが、遠目にも陽ノ本のものとは明らかに異なる造りであったと…」

考えるまでもない。南蛮の船だ。いつも通り奴隷を仕入れに来たが、旧饒肥藩の者が現れなかったので、何か非常事態が発生したと判断して引き返したのだろう。彼らが事態を確認するために向かったのは、おそらく――。

「……佐津間、であろうな」

光彬の苦い呟きに、主殿頭は無言で賛同する。どうやら事態は予想よりはるかに悪い方へ進んでいるようだ。

沖合に現れたという大型船…もしそれが単なる貿易船ではなく、陽ノ本を脅かすに足る武器を搭載した軍艦だとすれば…。

「上様。…佐津間藩との交渉、もはや一歩たりとも退くわけにはゆかなくなりましたぞ」

光彬と同じ危機を抱いたのだろう。厳しい表情の主殿頭に、さらなる意見を求めようとした時だった。表に呼び出されていた門脇が戻ったのは。

「ご歓談中に失礼仕ります。南町奉行、小谷掃部頭祐正が上様に目通りを願っておりまするが…」

「…では、私はいったん表の御用部屋に下がらせて頂きまする」

気を利かせた主殿頭が下がろうとするのを、門脇は大きな掌を突き出して止めた。

「あいや、待たれよ。主殿頭が上様のもとにおいでだと伝えたところ、掃部頭はお許しを頂けるなら主殿頭が同席の上で上様に言上したいことがあると申された」

「……何と？」

驚いた主殿頭が眼差しで伺いを立ててきた。主殿頭も祐正も同じく評定所に参列を許された重臣であり、こたびの佐津間藩との交渉にも共に当たっているが、交渉について光彬に報告するのは老中首座である主殿頭の役割だ。

にもかかわらず主殿頭の同席のもと言上したいこととは、いったい何なのか。

「良かろう、会おう。…主殿頭も、いいな？」

「仰せのままに」

主殿頭が頷いたので、門脇はさっそく祐正を案内してきた。町奉行は老中にも劣らぬ激務だが、積み重なっているはずの疲労は微塵も窺わせない。むしろ凄みを纏い、将軍の寵臣に相応しい重厚な空気を醸し出している。

主殿頭に目礼し、祐正は折り目正しく平伏した。

「突然の申し出にもかかわらずお目通りをお許し頂き、恐悦至極に存じまする」

「構わん。それと、前置きも堅苦しいのも無しだ。……何があった？」

激務に佐津間藩との交渉も加わり、多忙を極めているはずの祐正が自ら訪れるのだから、喫緊の用件に違いない。話しやすいよう光彬から切り出してやれば、祐正はほっとしたように顔を上げた。

「されば申し上げまするる。…ここ十日ほど、城下に『薬師様の御使い』なる神官が現れ、町をおおいに騒がせております」

最初にその神官が姿を現したのは、祐正の把握する限りでは、弐本橋の材木問屋・上総屋だったという。

店主の幼い一人息子が突然病に倒れ、瞬く間に水すら喉を通らないほど衰弱しきってしまった。可愛い息子をどうにか救おうと、店主と妻のおかみは薬礼を惜しまず恵渡じゅうの名医を呼び集めたが、いかなる治療も薬も効果は無く、息子の病状は悪化する一方だった。

そこへ現れたのが、白い頭巾に白い狩衣姿の神官だ。

自分は薬師、すなわち薬師如来のお力を授かった神官であり、邪悪なる病の気配を感じ遠方よりはるばる訪れた。自分に任せれば、薬師如来の力で息子の病をたちどころに祓って進ぜようと豪語したのだ。

見るからに怪しげな風体の神官など、いつもの上総屋なら相手にもせず追い返しただろう。だが今にも死んでしまいそうな息子を失いたくないあまり、上総屋は藁にも縋る思いで神官を息子の寝所に通した。

——そして、奇跡は起きた。

何人もの名医に匙を投げられた息子は、神官が祈祷を捧げ始めるや、みるまに回復していったのだ。ついさっきまで死にかけていたのが嘘のように床から起き上がり、祈祷が終わる頃には元気いっぱいに寝所を走り回っていたという。

感激した上総屋は多額の謝礼金を渡そうとしたが、神官は受け取らなかった。我が身は薬師如来様のもの、御仏のご意志に従い悪を正すのが使命であると言って。

神官の言葉の意味はすぐに判明した。時を同じくして、上総屋の息子と同じ病に苦しむ者が恵渡のあちこちに現れたのだ。

武士、職人、商人、百姓。病には身分も貧富も関係無い。なすすべも無く倒れていく彼らのもとに神官は駆け付け、薬師如来の祈祷でもって救った。やはり謝礼は受け取らなかったが、決まってこう言い残した。

『今再び病が蔓延しつつあるのは、上様のご政道が間違っているせいだ。一刻も早く佐津間藩と朝廷に対する罪を償わなければ、病は猛威を振るい続けるであろうと薬師如来様は私に告げられた』

民は否応無しに、数年前、先代将軍やその子息、高位武家たちの命を奪った流行病を思い出した。あの流行病で死んだのは将軍をはじめとする高位武家ばかりだった。町人たちにとっては対岸の火事であり、民を虐げた天罰だと嘲笑う余裕すらあったのだ。

だが今回の病は人を選ばない。今はまだ神官によってほとんどが救われているが、このまま病人が増え続ければ祈祷も間に合わず、死者が出るのは時間の問題ではないか。

人々は畏れおののき、神官によって諸悪の根源とされた将軍――光彬に恨みを抱く者も出始めた。上様さえ佐津間藩と朝廷に頭を下げ、佐津間の姫との間に子をもうければ病は収束すると、ほうぼうでまことしやかに噂されるようになり…とある人物の耳にも入ったのだ。

「実は、この話を私に教えてくれたのは町火消『い組』の頭なのです」

祐正の口から出たのは、思わぬ存在だった。

「虎太郎が？」

恵渡を守るいろは四十八組の町火消の筆頭、『い組』の頭・虎太郎は、亡き祖父榊原彦十郎の従者であり、光彬を育ててくれた兄やでもある。彼にもひそかに書状を送り、玉兎の存在について報せてあった。御庭番の届けてくれた返事には『榊原様と光坊ちゃんの邪魔をする奴は許さない』と記されていたのだが…。

「はい。虎太郎は神官の存在を把握するや、配下の火消たちにその行動を追わせていたそうにございます」

火消たちの報告によれば、かの神官は当初こそ謝礼を受け取らず清廉を貫いていたものの、日が経つにつれだんだん本性を現してきたらしい。人目のある場所では神官らしく振る舞うが、病人とその家族だけになると堂々とお布施を要求し、支払えない貧乏人には妻や娘を伽に差し出せと迫るのだ。

上総屋のような豪商と違い、金も力も無い貧乏人は理不尽な要求にも従うしかない。さもなくば大切な家族が死んでしまうのだから。

だが、神官の悪事を暴露することも出来ない。周囲は神官に心酔しきっており、話したところでとうてい信じてもらえない。それどころか、高潔な神官様を侮辱したと、こちらの方が悪者にされてしまう。

「娘を一夜の慰み者にされた病人は、虎太郎自ら赴いてようやく口を開いてくれたそうにございます。虎太郎が申すには、これは氷山の一角に過ぎず、さらに多くの者たちが泣き寝入りをしていると…」

「…な…、……何ということだ……！」

鬼瓦そっくりな顔を怒りで真っ赤に染めた門脇が、広い肩をわなわなと震わせた。

「そのような卑劣漢、薬師如来の御使いなどであるはずがございませぬ！　上様のご政道が間違っているなどと世迷い言を……これは佐津間藩の陰謀に決まっておりまする！　上様が何よりも大切に思われる民を扇動するために…」

「…いや、それでは筋が通るまい」

主殿頭が組んでいた腕を解いた。理知的な顔はいつもと変わらず穏やかだが、光彬はこの老練な臣下が内に憤りを宿す時ほど冷静になることを知っている。

「確かに振る舞いは下劣極まりなく、佐津間藩の走狗としか思えぬが、数多の民が病に侵されているのも事実。健康な民を病に陥れるなど、ただの人間には不可能なこと」

「……っ！　主殿頭、もしや……」

あの惨劇の夜、寺院を襲撃した新番組の番士たち。その骸の頭に巣食っていたという腫れ物が光彬の頭を過ぎる。

「はっ。かの玉兎と申す『神』が関わっている可能性が高うございましょう。…そう思われたからこそ、掃部頭も私の同席を求めたのであろう？」

「ご明察、恐れ入りまする」

祐正は恐縮して頭を下げた。

将軍の御前では大名たる老中であれ、旗本たる町奉行であれ皆等しく臣下。身分の差は無いことになってはいるが、己の倍以上の年月を政に捧げてきた主殿頭は、町人たちの人望篤い町奉行であっても畏敬せずにはいられないのだろう。

——もうすぐ、望みは叶う。楽しみじゃ…、楽しみじゃのう……。

脳裏によみがえりかけた無邪気な笑い声を、光彬は頭を振って追い払う。

「病をもたらしているのが玉兎なら、祓うのも容易であろう。おそらくその神官は玉兎の傀儡に過ぎぬ」

「武芸上覧で狂乱した奥女中…岩井と申しましたか。あの女子と同じにございますな」

門脇が答えれば、どうであろう、と祐正は異議を唱える。

「虎太郎の話を聞く限り、かの神官は一時の狂乱に陥っているのではなく、自らの意志にて行動しているように思えまする。玉兎に操られておるのであれば、お布施や女子を要求などいたしますまい」

「されどいかなる名医にも治せぬ病をばら撒くなど、人間業ではございませぬ。やはり玉兎は何らかの形で関わっておりましょう」

主殿頭の言う通りだ。かの神官にはきっと玉兎が絡んでいる。

奥女中の岩井は純皓に襲いかかったことを一切覚えていなかったが、その寸前――光彬と隆義が流鏑馬で競ったのを見物した記憶はあるそうだ。突然意識が途絶え、気付いたら取り押さえられていたのだと純皓に証言したという。

「…おそらく普段は神官自身が玉兎の指示で行動し、病をばら撒いたり祓ったりする時だけ玉兎が力を貸しているのだろう。問題は、あやつの目的だが…」

「上様にいわれの無い非難を浴びせ、佐津間藩の交渉を有利に運ばせるためではございませぬのか?」

「だとすれば、小兵衛。陰でこそこそとお布施をせびったり、貧乏人の妻や娘を要求するような下衆をわざわざ選んだりはしないだろう」

光彬ならもっと従順で欲の無い人間を傀儡に選ぶ。将軍を糾弾する神官が悪行ざんまいでは、いざ事実が露見した時、その言葉からは一切の信用が失われるからだ。

実際、町の顔役である虎太郎が聞き込んだからとはいえ、神官の悪行はこうして漏れてしまっている。

「どうしてもその者でなければならない理由がある、ということでございましょうか。しかし、それにしても…」

祐正が難しい顔で考え込んだ。黙ったままの主殿頭も、心中は同じだろう。それにしても何故、よりにもよってそんな男が選ばれたのか——と。神の思考など、人間には推し量れないものかもしれないが。

あるいは鬼讐丸なら…人ならざる身の剣精なら、何か手がかりをくれたのかもしれない。

だが光彬が折に触れ呼びかけているにもかかわらず、消えた剣精は応えてくれることはおろか、姿を現してもくれなかった。いったい今どこで何をしているのか。

……こうなったら、この目で確かめるしかない…か。

ここしばらく出番の無かった井戸を、使う時が来たようだ。

一刻後、光彬は貧乏旗本の三男坊・七田光之介に扮し、城下の町に降り立った。

一人ではない。梅の花びらを散らした黒の小袖を粋に着流し、遊び人に変装した純皓も一緒である。酸いも甘いも嚙み分けた風情のこの色男が普段は楚々として大奥に君臨する御台所だなんて、見破れる者は居ないだろう。

共に城を抜け出した時から…首尾よく雑踏にまぎれた今も、純皓はちらちらとこちらを窺っている。光之介に扮した光彬など、今さら珍しくもないだろうに。

「すみひ…、純之丞。先ほどからどうしたのだ」

たまらなくなって問えば、純皓はすっと身を寄せてきた。純之丞とは、純皓の城下での偽名だ。

「…いや、変われば変わるものだと思ってな」

「何……？」

「今までのお前なら、最初から俺を城下に伴ったりはしなかっただろう？」

まさか真昼間からお誘いがあるとは思わなかったぞ、と純皓は笑みに艶を乗せた。むせかえりそうな色香がしたたるそれに、通りすがった若い娘たちがきゃあっと歓声を上げる。

…そう、大奥に使いをやり、純皓に同行してくれるよう頼んだのは光彬だった。

純皓の言う通り、今までの光彬なら一人で行くか、門脇あたりに供を命じただろう。麗皓をひそかに訪ねたあの夜のように純皓が居なければならない理由があれば別だが、基本的に光彬は妻を大奥に留めておきたかったのだ。純皓はいっぱしの武士よりもよほど強いと、承知していても。

しかし、今回は。

「玉兎と対峙することになるかもしれないと思った時、真っ先にお前が思い浮かんだ」

「……」

「お前となら、何があっても生き残れる。そう思ったから……、……純皓？」

純皓の白い頬がみるまに赤く染まり、ふいっと逸らされる。覗き込もうとしたら、袖口から忍び込んできた指に腕を軽くつねられた。

「この誑しめ」

「…っ、純皓？」

どういう意味だと問うても答えず、純皓はそのまま滑らせた手を光彬のそれに重ねた。指をやわらかく絡め合わされる。

珍しいなと首を傾げる光彬は、気付いていなかった。憧憬の眼差しを集めているのは純皓だけではないことを。純皓が手をつなぎながら殺気をまき散らしたせいで、物欲しそうに自分を見詰めていた男女がささっと逃げていったことも。

「まあ、いい。俺もちょうど内密で話しておきたいことがあったからな」

「……能登守か？」

光彬が声をひそめれば、純皓は小間物屋の店先を眺めるふりで頷いた。

「俺の配下に探らせたが、佐津間藩とも、志満津家ともつながりは無かった。能登守の邸に出入りする人間も怪しい素性の者は居ない」

「御庭番の報告も同じだ。そもそも能登守の小笠原家は代々恵渡に近い関東に所領を有している。戦国の世までさかのぼっても、何の関わりも出てこなかった。…強いて言うなら、能登守の父親だな」

能登守の父、佐渡守は二十数年前、西の都を守護する西都所司代のお役目にあった。西都所司代の職掌と権限は非常に幅広く、老中に匹敵する重職だが、最も重要な役割は朝廷や公家にまつわる政務及び西海道の諸大名の監視である。

その職務上、佐渡守と佐津間藩に何らかの関係が生じた可能性はある。だが佐渡守は六年前、光彬の父や異母兄たちの命を奪ったあの流行病によって死亡しており、本人に問いただすすべは無い。

「主殿頭や祐正の話では、佐渡守は息子とは正反対の気性だったようだ。狡猾で他人に厳しく、泣かされた公家や大名も少なくないらしい」

「何があったとしても、佐渡守はもう死んでいる。息子の能登守までもが縛られるほどの因縁なんてものが、存在するのかどうか…」

考え込みながらも純皓は店先に並んだ簪を物色している。こじんまりとした店構えだが、なかなか良いものを扱っているようだ。

「店主、それをくれ」

光彬は奥にあった銀の平打ち簪を指し、さっさと代金を支払った。ほくほく顔の店主が桐箱に入れてくれようとするのを断り、受け取った簪を一つに束ねた純皓の黒髪に挿す。

「…み、光彬…？」

純皓は珍しく黒い目を見開いた。偽名ではなく本名を口走ってしまうあたり、相当驚いているようだ。

「思った通り、よく似合っている」

「いやあ、お武家様はさすがにお目が高い！　こちらは当店専属の職人が腕によりをかけた逸品でございます。まだ無名ですが、花を彫らせたらなかなかのものでございまして」

透かし彫りにした椿の花をあしらっただけの銀簪だが、その簡素さが純皓のつややかな黒髪と凄艶(せいえん)な美貌を引き立てている。

我ながらいいものを選んだ、と悦に入っていると、強く手を引っ張られた。

「おい、純之丞？　…純之丞！」

何度声をかけても純皓は立ち止まらず、ずんずんと進んでいく。ぽかんとする店主はあっという間に遠くなった。ろくに前も見ていないようなのに、雑踏につっかえもしないのはさすがと言うべきか。

ようやく純皓が止まったのは、大通りから何本も奥に入った小路の行き止まりだった。二人の他に人影は無い。

「……俺は今、心から後悔している」

薄暗い路地でもなお炯々(けいけい)と輝く黒い瞳に炎を揺らめかせ、純皓は光彬を壁に押さえ付けた。どんっ、と純皓の掌を受けた壁がみしみし軋(きし)む。このまま力を入れていたら、壊れてしまいそうだ。

「こ、……後悔とは？」

もしや、買ってやった簪がそこまで気に入らなかったのだろうか。

光彬の不安を読み取ったように、純皓は椿の銀簪を愛おしそうに指先でなぞった。ただそれだけの仕草に、かぐわしい色香が匂い立つ。

なのに光彬を見下ろす瞳の鋭さといったら、まるで抜き身の刃だ。それもその輝きに魅せられた者は、自ら首を差し出してしまう妖刀のたぐいである。

「あの時、お前のつながりも未来も、…何もかも無視して、お前をさらっておくべきだった」

「っ…、しかし、お前は…」

「ああ、納得はしたさ。…あの時はな。だがお前は日ごとに輝きを増していって、際限というものが無い。…俺の、恋着も」

——どうすればいい。

わななく唇が、声にならない囁きを紡いだ。

「まぶしいんだ、お前は。…まぶしすぎて、誰にも見せたくないのに、どんなに厳重に包んで隠しても光が漏れてしまう。その光に惹き付けられ、たくさんの奴らが群がってくる。俺はそれが我慢出来ない…」

「……、純皓」

「俺は、…いつかまたきっと、お前を…」

壁についた手がぶるぶると震えている。うねる髪も黒、纏う小袖も黒、狂おしい光を宿した瞳も黒。夜闇の帳のような男の中で、光彬が挿してやった銀簪だけが鈍い光を放つ。今にも夜空にまぎれてしまいそうな星彩にも似て。

まるで鶴松と富貴子が大奥に訪ねてきた、あの日の再現だ。

けれどもう、光彬は恐れたりしない。純皓の纏う闇は光彬を呑み込むのではなく、包んでくれるものだと知っているから。

「――あと二十年。…いや、十五年でいい。待ってくれないか」

「……は、……？」

「十五年経ったら鶴松は立派な大人だ。俺は将軍の位を鶴松に譲り渡し、大御所として西ノ丸に移る。…お前と共に」

はっ、と大きく息を吸ったまま、吐き出せずにいる純皓の喉を撫で、そのまますするりと首筋に腕を回す。

「そこから先の時間は…どれだけ残されているかはわからんが、可能な限りお前のために使うと約束しよう。お前が二度と外に出るなと言うのなら、そうする。お前が尽くしてくれた分、今度は俺がお前に尽くそう。…それでは駄目か？」

ずいぶんと長い間、純皓は黙ったままだった。聞こえるのは路地向こうの喧騒と、互いの息

遣いだけ。

やがて純皓は壁についていた手をずるずると下ろし、光彬の背中に回した。

「…お前の余生、全部俺にくれるということか？」

「余生と言われると、いきなり老け込んだ気分になるな。そうだな…、遅まきながらの蜜月というのはどうだ？」

「──いいな、それは」

破顔一笑する純皓に見惚れる間も無く、唇を奪われた。自然と開いた隙間から、熱くぬめった舌が入り込んでくる。

「…う…、ん……っ…」

甘い声を漏らしながら首筋を引き寄せてやれば、熱を増した舌に口蓋をなぞり上げられる。純皓しか知らない秘密の情けどころ。褥の中だったら迷わず互いの肉茎を重ね、扱き立てていただろう。

うっすら開けた目が銀簪を捉えると、愛しい人に裏切られ死んでいった薄幸の少女が思い浮かんだ。

郁姫のような犠牲者はもう二度と出してはならない。佐津間藩が提示した一月の猶予の間に、どうにかして反撃の手がかりを摑むのだ。そのためには玉兎に操られているという神官の目的と、正体を暴かなければ。

「……、神官様だ！」

「薬師の御使い様が説法していらっしゃるってよ！」

遠くから興奮しきった声が聞こえてくる。

強く抱き合い、二人はどちらからともなく離れた。燃え上がりかけていた身の内の炎は、並んで歩き出せばすうっと引いていく。純皓も同じだろう。凛とした横顔は「八虹」の長…光彬と共に戦うことを選んだ男のものだ。

「ほうぼう捜し回らされるかと思ったが、向こうから出て来てくれるとは幸先がいいな」

純皓は不敵に唇を吊り上げた。路地を出れば多くの人々が『神官様、神官様』と興奮しながら駆けていく。彼らを追えば、たやすく神官のもとにたどり着けるだろう。

「ああ。…だが、この方角…どんどん城の方へ近付いていくぞ」

かの神官は、祐正によれば助けた病人たちの家で近所の者たちを集め、光彬の非道さと己の力の偉大さを説いていたという。だから今まで町奉行所の取り締まりの網にも引っかからなかったのだ。

だが外で…それも恵渡城の近くで説法を行うとなれば、町奉行所の目に触れずに済むとは思えない。大店の庇護を受けていようと、捕まればお上を騒がせたとして牢獄行きだ。荒事とは無縁な神官が、どうやって百戦錬磨の同心たちから逃れるつもりなのか。

……薬師如来が…、いや、玉兎が守ってくれるとでもいうのか？

あの童のように無邪気な神は、人を守護する存在ではない。もっと純粋で、もっと残酷な……だからこそ人とは決して相容れない存在だ。

……お祖父様はいったいどうやって、あんなモノに気に入られたのか……。

彦十郎が生きていてくれれば、謎はすぐにでも解けるだろうに。

歯噛みしながら人波を追ううちに、二人は大きな通りに出た。城にも出入りする大店が軒を連ねる、恵渡有数の目抜き通りだ。

間口十間（約十八メートル）はありそうな大店の前に、人だかりが出来ている。軒先にかけられたのれんの屋号は『上総屋』。神官に息子を救われた店主の店だ。押し寄せる人々から壁になって神官を守っているお店者たちは、上総屋の使用人だろう。

ぐるりと人垣に囲まれ、一人の男が緋毛氈に覆われた講壇で黄金の錫杖を振り上げている。頭全体と口元まですっぽり覆い隠す白い頭巾に、白い狩衣。祐正から聞いた通りの特徴――あれが『薬師様の御使い』の神官だろう。唯一露出した双眸はどろりと黄色く濁り、不気味に底光りしている。神官のくせに、かなりのうわばみらしい。

「聞け、恵渡の民よ！」

「見るがいい。この者は上様のご政道におもねったがゆえ、神罰を受けたのだ」

神官が錫杖を振り下ろした先には、股引に印半纏姿の男がぐったりと横たわっていた。脂汗の滲んだ顔には無数の赤黒い痣が浮かび、両手で首を掴み、ひゅうひゅうと苦しげな息を吐いている。

「お、おおお…っ…」

「何ということじゃ…、薬師様がお怒りなのか……」

人垣から次々と悲鳴が上がる。光彬は純皓と頷き合い、人ごみをかき分けて進むと、最前列で『なんまいだ、なんまいだ』と拝んでいた老人の袖を引いた。

「おい、何があったのだ？」

「神官様がありがたい説教をなさってるってのに、あの火消の野郎が『上様が間違ったことをなさるわけがねえ！』って嚙み付きやがったんでさ。そしたらたちまちあの有様で」

老人は興奮に頰を上気させ、横たわる男を指差す。

光彬ははっとした。無数の痣で見る影も無いが、あの顔は…。

「……まさか、元助（げんすけ）？」

「元助…、…そうだ、確かにあの男だ」

光彬の呟きに、純皓も同意する。

元助は虎太郎を頭（かしら）とする町火消、『い組』の若き火消だ。熱意こそ高いがまだまだおっちょこちょいの粗忽者（そこつもの）で、どじを踏んでは虎太郎にとっちめられていた。七田光之介としての光彬とは付き合いも長い。

……元助、何故そんな真似を？

虎太郎に命じられ、神官の動向を監視していたのだろうが、あの小心者が薬師如来の御使いと噂される神官にわざわざ突っかかっていくなんて。光彬の知る元助なら、迷わず町奉行所に走っていただろうに。

「だが、安心せよ。薬師如来様は慈悲深い。この者が己の過ちを認め、心から悔い改めるのであれば許すと仰せじゃ」

濁った目を三日月の形に細め、神官は錫杖の先端で元助の顎を持ち上げる。

おお、と人垣がどよめく中、元助は悪寒に震えながら、それでも精いっぱい神官を睨み付けた。力の入らない指を、地面に食い込ませる。

「…ふ…ざ、けるな、よ…」

「……何だと？」

「俺はしがない火消だ、上様になんて会ったこともねえ。…でも、でもなあ、上様は、…上様は、光の字のご主君なんだよ！」

「――――！」

血を吐くような叫びが、光彬の胸を貫いた。

光の字。それは元助が親しみをこめ、光彬を呼ぶ時の呼び名だ。失礼な真似をするなと虎太郎は咎めるけれど、光彬はひそかに気に入っていた。

「光の字…？　何をほざいておるのだ、この下人は…」

当然、光彬以外の者に意味など通じるわけがない。神官は汚らわしそうに眉を顰め、錫杖をじゃらりと鳴らす。

「う…、っあ、あああ……っ！」

元助は不可視のあぎとに噛み付かれたようにけいれんし、悶絶しながらのたうち回る。きゃあっと悲鳴を上げ、人垣が一気に後退した。落ち着いて、落ち着いてと上総屋の使用人たちが懸命になだめる。

だが神官を睨む元助の目から、怒りの炎が消えることは無い。

「…光の字はなあ、すげえ男なんだよ…！　どんな強い奴だって、凶状持ちだって、光の字にかかったらひとたまりもねえんだ。上様は、そんな光の字が忠誠を誓う御方なんだよ…」

「この…、汚らわしい下人の分際で…」

「薬師様が何だってんだ！　罰を当てるってんなら当ててみやがれ！　俺はまだ、死んじゃあいねえぞ…！」

威勢よく啖呵を切り、元助はどす黒い血の混じった唾を吐き出した。びゅっと飛んだそれが錫杖を汚した瞬間、神官は怒りを爆発させる。

「この無礼者めがぁぁぁっ…！」

ぶん、と錫杖が振り回され、元助の身体は地面に叩き付けられた。再び上がった悲鳴にはわずかながら神官に対する非難の色が混じっていたが、暴力に酔いしれる神官は気付いていないようだ。

じゃらじゃらと音をたて、錫杖が地面に突き立てられた。もはや顔も手足も…おそらくは全身赤黒く染まった元助に、逆らう力は残されていない。

「そこまで望むのなら、神罰を受けてみるがいい……！」

「元助っ…！」

――ご主君、お待ちを。

とっさに飛び出そうとした光彬に、低く寂びた声が語りかけてきた。金龍王丸――鬼讐丸の代わりに光彬を守護してくれている精霊だ。

童形の鬼讐丸と反対に凛々しい美丈夫の形を取った剣精は、初めての対面以降姿を現したことは無いが、何かあればこうして光彬を助けてくれる。その霊が宿る宝刀は、今も光彬の腰に差されていた。

――よくご覧下さい。あの者の内側を。

何かが光彬のまぶたをふわりと撫でていった。

次の瞬間、光彬は目を瞠る。怒り狂う神官の狩衣がぶれながら透け、たるんだ身体の内側をぐるぐると巡る黒い靄のようなものが見えたのだ。その一部は錫杖を経由し、先端から元助に流れ込んでいく。

――あれは玉兎と申す神の、力の一部にございます。あれを流し込まれたがゆえ、火消の男は病に苦しめられておりまする。

「っ…、やはり玉兎か…！」

「光彬？」

じっと神官を観察していた純皓が、怪訝そうに振り返った。金龍王丸の声を聞けるのは光彬だけなのだ。

金龍王丸の説明を告げてやると、純皓は染み一つ無い頬を緊張に強張らせる。

「玉兎の力で病にされたのなら、その力を断ち切ってやれば治るんじゃないか？」

——今なら。力の一部だけであれば、私でも可能にございまする。

光彬が問うまでもなく、金龍王丸は請け負った。金龍王丸もまた、長き年月を経て意志を持つに至った付喪神（つくもがみ）…神の一柱（ひとはしら）だ。玉兎の力の一部なら、流し込まれて間もない今であれば、完全に断ち切れる。

「可能だそうだ。……純皓」

「ああ、後ろは任せろ。……それと」

純皓は武器を仕込んだ袂（たもと）に手を差し入れながら、そっと耳打ちする。

「あの腐れ神官。…おそらく俺の一番上の異母兄、紫藤和皓（かずひろ）だ。小さい頃しか顔を合わせたことは無いから、あっちは俺がわからないだろうが」

その名には聞き覚えがある。純皓の父右大臣と正室の間に生まれた、紫藤家の跡継ぎだ。

素行の悪さゆえ昇進もままならず、家督も継げずに西の都で鬱屈を溜め込んでいるはずの男が、何故恵渡で玉兎の傀儡に成り果てている？　西の都から連れて来たのは、間違い無く麗皓だろうが…。

「皆、神意に逆らう者の末路を見届けよ！」

神官が──和皓が錫杖を振りかざした。…考えるのは後だ。今は元助を助けなければ。その力は、この手にある。

光彬は金龍王丸の柄に手をかけ、鯉口を切りながら人垣の先へ走り込んだ。

「……元助！」

「な…っ、お、お前は……!?」

呆然とする和皓の前腕に、峰に返した金龍王丸を叩き付ける。

たまらず開かれた手から黄金の錫杖が転がり落ちた。あれこそが和皓と、和皓の中にひそむ玉兎の力の一部を結ぶ媒体だ。

普通の人間には見えない、黒い靄。元助に流れ込み、体内をむしばむ病の源。

……その流れを、断ち切る！

大上段に構えた金龍王丸の刀身に刻まれた龍が、陽光を反射する。その輝きに魅了された人々には見えなかっただろう。振り下ろされた龍の刃が錫杖を半ばから両断し、黒い流れを断ち切る光景が。

だが真っ二つになった錫杖が地面に落ちた瞬間、彼らは理解したはずだ。突然現れた武士が何をしてのけたのか。ついさっきまで神罰に悶え苦しんでいたはずの元助が、むくりと起き上がったことで。

「…う…、あ、……お、俺は……？」

元助がきょろきょろとあたりを見回すたび、人垣はどよめく。それも当然だ。今にも腐り落ちてしまいそうだった赤黒い肌は健康な色を取り戻し、年齢より幼い顔には苦悶の痕跡すら無いのだから。

「元助、大事無いか？」

「…み、…光の字ぃっ⁉　お前、どうしてここに…」

「話は後だ。下がっていろ」

元助はまだ何か聞きたそうだったが、怒りに震える和皓に気付くなり尻餅をついたまま後ずさった。

金龍王丸を鞘に戻しながら、光彬は和皓をまっすぐに見据える。

「――さて、神官よ」

「…ぶ…っ、無礼な…！　薬師様の御使いたる私に盾突くとは、貴様何者じゃ⁉」

唾を飛ばし、錫杖の代わりに指を突き付けてくる和皓に、光彬は一歩近付いた。狩衣の肩がびくりと震える。

「俺か？　俺は七田光之介、…旗本だ」

「光之介…、…まさか、あの下人の申していた光の字というのは…」

「俺の友をずいぶんと好き勝手にいたぶってくれたようだな。上様のご政道におもねったがゆえ、神罰を受けたのだったか？」

また一歩、距離を詰める。

和皓は落ち着き無く視線をさまよわせた。その背中の向こう、上総屋の店内にひそむ強い気配に、気付かない光彬ではない。

……三人、か。まだ出張ってくるつもりは無さそうだな。

「俺は上様の旗本だが、俺にも神罰とやらは下るのか？」

「な、…なっ、何を、貴様…」

「ご政道とは何の関わりも無い火消に下ったくらいだ。上様に忠誠を捧げるこの身には、当然元助とは比べ物にならぬほど強い神罰が下るのだろうな？」

光彬の問いかけに、ざわめいたのは人垣だった。

「…そうだよな、火消が死にかけたんだから、お武家様にも罰が当たらなけりゃおかしいってもんだ」

「しかし神罰ってのは本当なのかねえ？　あのお武家様が錫杖を叩き切ったとたん、けろりと治っちまうなんて」

「ぬぅ……っ、下民どもめが……」

掌を返す民衆に、和皓はぎりぎりと歯を軋ませる。

ここで退いてはますます怪しまれてしまうと悟ったのだろう。両断された錫杖の上半分を拾い上げ、だいぶ短くなった柄を握り締める。

「上様のご政道は間違っている……今、それを証明してくれよう。貴様の身体でな……！」

錫杖からまたあの黒い靄がほとばしった。だが、さっきまでに比べたら勢いはだいぶ衰えている。媒体を真っ二つにされたことで、上手く玉兎の力を扱えなくなっているのか。

……これなら、恐れるに足らん！

「——はぁっ！」

裂帛の気合と共に、光彬は金龍王丸を抜き放った。斬るのは錫杖でも、和皓でもない。光彬目がけて襲いくる、黒い大蛇にも似た力の奔流だ。

刀身の黄金龍が黒い力に衝突した瞬間、じゅううううう、と焼けた鉄板に水を打ったような音が響き渡った。

「…っぐ、ぐああああああっ…！」

そこに和皓の絶叫が混じり、人垣はどよめきながら後退する。

ぽっかり開けた空間に、和皓はもがきながら転がり落ちた。握られていたはずの錫杖は真っ二つに断たれて地面に落ち、代わりに白い手が真っ赤にただれている。まるで猛烈な蒸気に至近距離でいぶされたかのように。

「し、神官様⁉」

「そんな…、しっかりなさって下さい、神官様！」

人垣の整理に当たっていたお店者たちが駆け寄るが、和皓は助け起こそうとした手を乱暴に振り払った。

頭巾が破れ、顔がさらけ出されている。歳は四十前後のはずだが、麗皓にも純皓にも似ない顔はさらに十は老けて見えた。ざんばらになった髷のせいか、顔じゅうに塗りたくった白粉が脂汗で溶け、奇妙な模様を描いているせいか。

正眼に構えた光彬を、和皓は燃え盛る目で睨み据えた。

「…この…、将軍の狗め…、貴様だけは私が、この手で、この手でっ…」

「――この手で、どうするってんだ？」

懐かしい声が和皓の咆哮を断ち切った。

固唾を飲んで見守っていた人垣が割れ、長身の男が現れる。

懐手で腕を組み、熱っぽい視線を浴びながら悠然と歩いてくる姿は、まるで花道をさっそうと進む千両役者だ。恵渡の民を熱狂させるという点では同じかもしれない。もっともこのいなせで不敵な男の檜舞台は芝居小屋ではなく、紅蓮の炎が渦巻く火事場だけれど。

「……虎太郎……」

何故、『い組』の頭がここに。

光彬の疑問を、亡き祖父と共に育て上げてくれた兄やは察してくれたようだ。無言でしゃくった顎の先に、肩で息をする元助が居る。

鼻の奥がつんとした。光彬のため、病み上がりの身で虎太郎を呼びに走ってくれたのか。

「なあ、神官の兄さんよ。ご高説をぶった切っちまってすまねえが、あっしにも教えてくれねえか」

「き、き、貴様、は」

「あっしは虎太郎。上様がお作りになった町火消、『い組』の頭だ。あんたにとっちゃあこっちの七田様と同じ、上様の狗ってことになるな。……で？　この手でどうするって？」

人々のざわめきを乗せた風が吹き抜け、虎太郎の肩を覆う羽織を巻き上げる。

裏地に水墨で描かれた虎の鋭い眼が、後ずさる和皓を射貫いた。がちがちと歯の噛み合う音がここまで聞こえてくる。

「…ぶ…、ぶ、ぶれ、無礼者、が…、私を、誰だと思って…」

「薬師様の御使い、だったか？　上様におもねる者に罰を下すんだってな。――なら、やってみやがれ」

ぞろりと着た小袖の裾を蹴上げ、膝を立てながら虎太郎はまなじりを決する。寸鉄帯びぬはずの長身から発散されるすさまじい殺気に、和皓は…見守る人々や光彬までもぞくりと肌を粟立てた。

　これが火消の頭。燃え盛る焔に勇んで飛び込む命知らずどもを束ねる男。

「――どうした！　うちの若ぇのにやってみせたように、俺にも神罰とやらをぶち当ててみろって言ってるんだ！」

「ひっ、ひっ、ひぃぃぃぃぃっ……！」

　跳びすさった和皓は折れた錫杖の片割れにつまずき、無様に尻餅をついた。さらけ出された指貫袴の股間に、みるみる染みが広がっていく。

　かすかな異臭を、遠巻きにしていた人々も嗅ぎ取ったのだろう。最前列に居た若い男がぷっと吹き出し、和皓を指差す。

「見ろよ、漏らしやがった！」

「本当だ！　頭に睨まれて、小便ちびりやがったぞ！」

　嘲笑の波は瞬く間に広がり、人々はにやにやしながら囁き合う。

　――薬師様の御使いって、偉そうに言ってたくせにねえ。結局、あのお武家様にも神罰は当たらなかったじゃないか。むしろお武家様の方が薬師様の御使いなんじゃないか？　あのすごい刀で、死にかけた火消を助けたんだから。

「この…、……この、このこのこのこのこの、下民どもめえええええ！」

　恵渡っ子たちの歯に衣着せぬ悪口に、高すぎる矜持が爆発したのか。よろめきながら起き上がった和皓は上総屋の奥に向かい、声を張り上げる。

「出合え、出合えぇっ！　この無礼な下民どもを斬り捨てよ！」

ややあって現れたのは、覆面をした三人の武士だった。いずれも腰に大小(だいしょう)を差し、羽織の家紋は当て布で隠している。

隙の無い身のこなしからして、三人とも相当の遣い手だ。さっき感じ取った強い気配の主は間違い無く彼らだろう。

「げっ、二本差しが出てきやがった！」

「こんなくだらねえことで斬られてたまるかよ！」

刀を差した武士の登場に、調子に乗ってはやし立てていた人々は蜘蛛(くも)の子を散らすように逃げ去っていった。彼らを追いかけないあたり、神官と違って理性はあるようだ。

「…神官様、市中でこのような騒ぎは避けるべきかと…」

目付きの鋭い男が光彬と虎太郎を警戒しながら忠告するが、和皓は利かん気な童(わらべ)のように首を振った。

「ここまで虚仮(こけ)にされて、黙って引き下がるなど出来るものか！　下民どもに身の程を思い知らせてやらねば、誇り高き祖先の血が泣くわ！」

「しかし、旗本を相手にするのは…それに下手をすれば町奉行所の者どもが…」

「うるさい、うるさいうるさいっ！　貴様たちは私を守るために侍(はべ)っておるのだろう？　この

「薄汚い東夷と火消を始末して、私を…、……っ⁉」

喚き散らしていた和皓が、ひくりと喉を詰まらせた。その背後にぴたりと重なるのは影――ではない。全身を黒に包んだ純皓だ。逃げる人々を煙幕代わりに忍び寄り、背後を取ったその動きに気付いていたのは光彬くらいだろう。虎太郎も、三人の武士たちも驚愕に目を瞠っている。

純皓はするりと身を滑らせ、和皓の背を押した。その手には、袖に仕込まれていた刃物が握られているはずだ。

「……二度は言わない。退け」

「あ、……あ、あぁ、ああっ……」

「さもなくば…、……？」

和皓の身体が瘧のように震え出し、純皓は眉を寄せた。

濡れたように光る黒い瞳、高い鼻梁、官能的な唇。

忙しなく泳がせていた眼差しが椿の銀簪にとまった瞬間、和皓は恐怖に顔を染め上げる。まるで亡霊にでも遭遇したかのように。

「お、お前、…お前、何故ここに…」

「何を言って…」

「来るな…、来るな、来るなあぁぁぁぁっ……！」

和皓は両手で顔を覆うや、がくがく首を振りながら脱兎の勢いで逃げ出した。三人の武士たちが慌ててその後を追いかけていく。

「……何が起きた？」

呆然と呟く純皓に、光彬は何も答えられなかった。

光彬が神官に扮した和皓と遭遇したのと同じ頃――。

その異母弟、鶴松の姿は大奥に在った。今日に限った話ではない。佐津間藩主の異母妹、桐姫が大奥入りを果たしてからというもの、ほぼ毎日通っている。

はるばる西海道からやって来た美しい姫君が気になって…などという可愛らしい理由であったら、光彬には申し訳無いがどんなに良かっただろう。

だって、実際の鶴松はと言えば…。

「…聞いておりますの、鶴？」

愛らしいがどこか険のある声がした。ややあって自分が呼ばれているのだと理解し、鶴松は慌てて頭を下げる。

「は…っ、はい、桐姫様。申し訳ございませぬ。本日の御召し物もあまりに見事で、姫様の御美しさをいっそう引き立てておりましたもので、つい見惚れてしまいました」

女子との会話に困ったら、ひとまず衣装か香か化粧を誉めておけば間違いは無い。

富貴子の教えを実践すると、紅綸子の小袖に金刺繍の蝶と芍薬の花を散らした打掛を重ねた少女は嬉しそうに微笑み、雪華文様の袖扇を広げた。どれも大奥では御台所くらいしか身につけられない高級品だ。

「ほほほほほ、そなたはまことに見る目のある娘だこと」

「……お、恐れ入りまする……」

見る目のある『娘』。…そう、甚だ不本意ながら今の鶴松は将軍世子ではなく、幼くして大奥に奉公し、桐姫の小姓として仕えることになった奥女中の『鶴』なのだ。

当然、その身なりも奥女中に相応しく整えられている。

結わずに下ろされた髪にはこめかみのあたりに花の飾りをあしらわれ、辻が花の振袖に錦の帯を締め、うっすらと白粉をはたいた姿は、初々しくも可愛らしい奥女中そのものだ。純皓や富貴子を訪ねるうちに顔なじみになった女中たちも、今の鶴松が上様の弟君とは気付かないだろう。

『今こそ、わらわたちも上様とお姉さまのために働く時なのです』

富貴子のその一言が全てのきっかけだった。

むろん異母兄のために働くことに異存は無い。富貴子が言い出さなければ鶴松から提案しようと思っていたくらいだ。それくらい幕府は…光彬は追い詰められていると、子どもの目にも明らかだったから。

　光彬と純皓はためらった末、『能登守の身辺を徹底的に洗い、その上で何も出て来ないようなら』と条件付きで鶴松たちの助力を受け容れてくれた。そして能登守の身辺がひそかに調査され、何の手がかりも得られなかったため、富貴子の作戦がいよいよ実行に移されることになったのだが…。

『たいへん畏れ多いこととは存じますが、鶴松様には小姓に扮して桐姫様のお傍に侍って頂きとうございます』

　全く畏れ多くなさそうに切り出された時は、富貴子が冗談でも言っているのではないかと思った。大奥における小姓とは、御台所や御中臈などの高貴な女性に侍る少女を意味する。たとえば、門脇と結婚する前の咲のように。

　だが鶴松は幼くともれっきとした男子だ。桐姫の小姓になどなれるわけがないと反論すれば、富貴子は自信満々に胸を張った。

『わらわにお任せ下さい。鶴松様を立派な少女に生まれ変わらせて差し上げますゆえ』

『……えっ？』

『ご安心を。心強いお味方もいらして下さっておりますから』

　そうして富貴子の背後から純皓の腹心、咲がにこにこ笑いながら現れ、鶴松はたちまち二人の女人に挟まれ身動きが取れなくなってしまった。…一人は女人ではないと知らなかったのは、鶴松にとって幸運だったのかどうか。

抵抗する意志は、二人がかりで羽織と袴を脱がされた時点で尽きた。

『面の割れていない、それでいて信頼の置ける方でなければ務まらないのです』

そう富貴子に真剣な顔でかき口説かれ、どきどきしてしまったのは内緒である。

されるがままの鶴松に富貴子と咲は嬉しそうに振袖を取っ替え引っ替えし、きゃっきゃっと笑いさざめきながら化粧を施し…二刻後、奥女中の『鶴』が誕生したのだ。姿見に映る自分は この世の不幸を一身に背負ったような顔をしていたが、悲しいかな、生まれつきの少女にしか見えなかった。

鶴はさる旗本の娘だが、両親を幼くして亡くしてしまい、伯母が奥女中をしていた縁で大奥に引き取られた。行き場の無い少女を憐れんだ御台所の庇護を受け、一人前の奥女中になるべく修行中――というのが富貴子の考えた鶴の経歴だ。御台所に庇護されているとはいえ、身寄りの無い娘なら、桐姫は必ず取り込もうとするだろうと踏んでのことだ。

その上で自分は桐姫の教育係を買って出て、上様に対面するための作法を仕込むと称していびりまくる。消沈した桐姫を、鶴松が慰める。そうすれば桐姫は鶴松に心を開き、隙も見せるだろうと富貴子は分析していた。

そう上手くいくのだろうか、と危ぶみながら鶴として桐姫に侍り始めた鶴松だが、富貴子の計画は今のところ驚くほど順調に進んでいる。

——さっきまで桐姫にあてがわれたこの局に居座り、大奥の伝統だの作法だのを滔々と講義していった富貴子は、すみに控えているだけの鶴松すら逃げ出したくなってしまうほど恐ろしかった。

やわらかく微笑み、大奥に不慣れな桐姫を終始気遣ってすらいるのに、棘を含んだその言葉は相手をぐさぐさと容赦無く突き刺すのだ。富貴子いわくこれが奥女中の必須技能だというのだから恐ろしい。

そんな時、桐姫は富貴子が退出すると決まって実家から伴ってきた侍女たちを集め、鬱憤をぶちまける。

耳を傾けているだけで神経がすり減りそうな愚痴に辛抱強く付き合い、ことあるごとに富貴子の熱血指導によるご機嫌取りを行った結果、わずか数日でこうして傍に置いてもらえるようになったのだから、富貴子の慧眼には恐れ入る。掌でもてあそばれる桐姫は憐れだが。

「……ねえ、鶴」

桐姫は声をひそめ、鶴松ににじり寄った。

少しばかりきつめではあるものの、異母兄の隆義とは似ても似つかない美貌の姫君だ。側室候補に選ばれるだけのことはある。歳は十六と聞いたが、閉じた袖扇をもてあそぶ姿はもう少し幼く見えた。

「そなた、上様とお目通りをしたことはあるの？」

「は、……はい。御台所様のお供をする際、何度かお姿を拝見したことはございます」

富貴子の作成した設定通りに答えれば、桐姫はほうっと物憂げに息を吐いた。

「御台所様…、ね。お綺麗な方だと聞いてはいたけれど、想像以上だったわ。まるで天人が舞い降りてきたかのような…あれほどお美しければ、殿方であっても上様の寵愛を一身に集められるのも当然よね」

「…おっしゃる通りとは思いますが、御台所様はすでに二十代の半ばを過ぎたお方。枯れゆく藤の花よりも、これから咲き誇る芍薬に殿方のお心は惹かれるのではないでしょうか」

ここで『そうですね』と同意してはならないことはわかっているので、心の中で純皓に詫びつつ桐姫の自尊心をくすぐってやる。もちろん藤の花とは紫藤家出身の純皓、芍薬は桐姫のことだ。

案の定、桐姫は紅に彩られた唇を吊り上げた。

「…ふふ…、そうよね。何と言っても御台所様は殿方であられるのだもの。上様だって、お心の奥では子を産める女子をお望みに違いないわ。血を受け継いだ世継ぎの欲しくない殿方など、いらっしゃるわけがない」

「まことに、姫様のおっしゃる通りかと」

「御台所様だって危機感を覚えていらっしゃるからこそ、あの教育係に命じて私に嫌がらせをなさっているのよ。負けるものですか……。私は必ず上様のご寵愛を受け、男子を産んでみせる。そうすればきっと兄上だって……」

桐姫の口調はいつしか鶴松ではなく、己に言い聞かせているような切実な響きを帯びていく。敬愛する兄と義姉を引き裂くために送り込まれた敵方の姫君だが、いまいち憎みきれないのはこういうところだ。

大藩の姫として誇り高く育てられた娘でも、まだ十六歳。細い肩に藩と兄の期待をずっしりと乗せられ、重圧を感じないわけがない。

「……姫様。能登守が御対面所に参りましたが」

すっと襖を開け、桐姫が実家から伴ってきた侍女が現れた。鶴松が頬を強張らせたのにも気付かず、桐姫は鷹揚に袖扇を揺らす。

「そう。用は何？」

「ご用命頂いた品々を持って参ったとか。姫様にもぜひ謁見を賜り、ご機嫌を伺いたいと申しております」

用命、謁見。大藩の姫とはいえ無役の小娘が、幕政の中枢を担う老中に対し、まるで主君のような振る舞いだ。

……能登守は、何故このような無礼を許しているのだろう？

桐姫の大奥入りに当たり、能登守は後見人を買って出た。姫を御中臈として受け容れる提案をした責任を取る、とのことだったが、その後の行動は明らかに義務の領域を超えていた。

足しげく大奥に通っては桐姫の機嫌を伺い、主君に対するかのようにかしずく。桐姫もまた何の疑問も抱かず、どうしてまだ上様にお目にかかれないのかと当たり散らしたり、豪奢な打掛だの簪だのを献上させたりするのだ。

「会わないわけにはいかないわね。支度をしてから行きます、と伝えなさい」

「かしこまりました」

侍女が下がると、桐姫は鶴松を残し、いそいそと座敷を出て行ってしまった。衣装部屋に向かうのだろう。たっぷり一刻はかけて衣装と化粧を整えてから能登守のもとへ赴くのだ。

その間、能登守は待ちぼうけを喰らわされる。いつものことだが、それで能登守から抗議を受けたことは無い。

……天下の老中が、一人の姫相手にここまでへりくだるとは……。

やはり、あるのだ。能登守が桐姫の…いや、佐津間藩の言いなりにならざるを得ない理由が。そしてその証拠は、桐姫が握っているに違いない。さもなくば老中ともあろう者が、小娘に唯々諾々と従うものか。

他の侍女たちは桐姫に付いて行ってしまい、座敷に残されたのは鶴松一人だけ。

今までは監視役も兼ねた留守居の侍女が残っていたのだが、よほど信頼してもらえたようだ。女子の格好に耐え忍んだ甲斐があったというものである。

「…よし、今日こそ…」

鶴松はぐっと拳を握り、座敷の探索を始めた。最初は邪魔で仕方なかった振袖の長い袖にも裾にもすっかり慣れ、動きはなめらかである。

……って、慣れてしまっては、ご先祖様と兄上に顔向けが出来なくなる気がする……。

鶴松様は素質がおありですねえ、これは上玉ですよと嬉しそうに呟いていた咲を思い出すと、何だか背筋がぞくぞくするのだ。一刻も早く本来の姿に戻るためにも、兄を助けるためにも、今日こそ有力な手がかりを発見しなければ。

佐津間藩の威信をかけて大奥入りした桐姫は、局に入りきらないほどの調度類を持ち込んだが、まず捜すべき目星はつけてある。

几帳の陰に置かれた船箪笥だ。頑丈そうな金具の取り付けられたそれは無骨で、豪奢な装飾の施された調度類の中、異様に目立っている。

船箪笥とは本来、船に積み込む金庫代わりの堅牢な箪笥であり、若い姫君が好んで持つような代物ではない。だが桐姫はこの船箪笥を常に自分の座敷に置いていた。何か理由があるはずなのだ。

上二段の抽斗には鍵がかかっていないが、空っぽだった。一番下の段に取り付けられた観音開きの扉にはびっしりと装飾金具が打ち付けられ、錠前がぶら下がっている。何か大切なものを隠すとしたら、ここだろう。

……落ち着け。落ち着いて思い出すんだ。

ここしばらく傍に仕え、桐姫の行動を頭に叩き込んできた。桐姫は朝、洗顔と着替えを済ませた後、守り本尊だという観音菩薩像を拝むのが日課だ。像の収められた厨子には黄金の天蓋が施され、金細工の瓔珞がいくつも垂れている。

そういえばあの瓔珞、一つだけ妙な形のものがあったような…。

「……これは、もしや」

襖を警戒しながら厨子を開け、問題の瓔珞を引っ張ってみると、かちりという音と共に天蓋から外れた。先端の突起をぐるりと回せば小さな鉤が現れ、少々不格好ではあるが鍵のようなものに変身する。

鶴松はそれを船箪笥の錠前に差し込んだ。…予想は的中だ。錠前は何の抵抗も無く外れ、扉が開く。

中にあったのは螺鈿の文箱だ。ごくりと息を呑み、ふたを開ける。

そこには一冊の冊子が収まっていた。あちこち黄ばみ、ところどころ虫食いもある。相当古いもののようだ。

ぱらりと表紙をめくってみる。達者だがどこか角ばった手跡は、桐姫のものではない。おそらく書いたのは男だろう。若い男ではなく、相応に歳を取った男のような気がする。

「…何と…、これは……」

読み進めるうちに、鶴松の頬はだんだん強張っていく。

半分ほど読んだところで、鶴松は冊子を振袖の袂に隠した。全て目を通したいが、悠長にしていたら桐姫たちが帰ってきてしまうかもしれない。

……これは必ず、兄上にお届けしなければならない。

桐姫の無聊を慰めるために持ち込んだ書物の中に、よく似たものがあったはずだ。隣の間から捜してきたそれを文箱に収め、船箪笥に錠前をかけると、鍵も元通り天蓋に戻す。しばらくは時間を稼げるだろう。

……早く、一刻も早く……！

誰にも見付からないよう桐姫の局を出ると、鶴松は振袖の裾をからげて走り出した。富貴子と咲に教え込まれた作法など、冊子を読んだ瞬間に消え去ってしまっていた。


逃げ去った和皓は捕まえられなかったが、虎太郎が行方を捜し、動向を把握しておくと約束してくれた。

町火消の頭である虎太郎は町人たちの絶大なる人気と信望を集め、人脈も幅広い。和皓が恵渡の町にひそむ限り、虎太郎の目から逃れることも、今日のような説法をすることも不可能だろう。

『やめて下せえや。あっしの役目は、恵渡を守ることだ。相手が炎だろうとしゃらくさい神官だろうと関係ねえ』

光彬が駆け付けてくれた礼を言うと、虎太郎はくすぐったそうに首を振った。光彬の手を取り、ぶんぶん上下させながら興奮の面持ちでまくしたてたのは元助だ。

『ありがとう、ありがとう光の字。本当にすげえや、やっとうで神罰とやらを叩き斬っちまうなんて！』

『礼を言うのは俺の方だ。…上様のために怒ってくれて、嬉しかった』

『へへっ、俺はしがねえ火消だけどよ、ちゃあんと知ってるんだよ。上様は俺たちのことを思って下さってるって。じゃなければうちの頭や光さんが従うわけねえし、そもそも俺たち火消だって上様がお作りになったんだからな』

『元助……』

『言っとくけど、俺だけじゃねえぞ。あの糞神官に入れ込んじまってる奴も居るっちゃあ居るが、たいていの奴は神罰だなんて信じちゃいねえ。…俺は難しいことはわかんねえけどよ、俺に出来ることは精いっぱいやってやる。だからお前も頑張れよ、光の字』

最後にぐっと光彬の手を握り締め、元助は虎太郎に小突かれながら走り去っていった。二人を見送り、光彬と純皓も城に引き上げることにしたのだ。

『…和皓はお前を覚えていないのではなかったのか？』

帰る道すがら問いかければ、純皓は思案げに眉を寄せた。

『そのはずだ。あいつと最後に会ったのは、俺が五、六歳の頃だからな』

純皓が恵渡に輿入れする前すら、和皓は会おうとはしなかったという。つまりあの男は、純皓の成長後の姿を知らないのだ。

『だがあの態度、間違い無くお前を見知っていたぞ。まるで亡霊か何かにでも遭遇したかのような…』

『……亡霊、か。もしや……』

『何か、思い当たることでもあったのか？』

『いや…、……しばらく考えさせてくれ』

それきり純皓は黙ってしまい、二人は秘密の通路からそれぞれ中奥と大奥へ帰り着いた。門脇が息せき切って現れたのは、隼人が用意してくれた小袖に着替えてすぐのことだ。

「…小兵衛？　どうした？」

「…っ…、たった今、大奥より御台所様の使いが参りました。御台所様におかれましては、ただちに上様においで頂きたいと仰せでございます」

ついさっき別れたばかりの純皓が、すぐに来いと言っている。何か重大な事態が出来したに違いない。もしくは『亡霊』の正体に思い当たったか。

取る物も取りあえず、光彬は大奥に向かった。くつろいだ着流しのまま現れた将軍を迎えてくれたのは純皓と咲と富貴子、そして……愛らしい振袖姿の少女……？

「そなたは……?」

初めて会うはずなのにどこか懐かしい、不思議な少女だ。

ついじろじろ眺めているうちに、少女はぷるぷると震え出す。怖がらせてしまったのだろうか。謝ろうとした時、少女は大きな瞳をかっと見開いた。

「……兄上! 私です!」

「……、…まさか鶴松か?」

「そうに決まっております! どこからどう見ても私ではございませぬか!」

少女、もとい鶴松は珍しく大きな声で力説するが、血の繋がった兄の目からも弟には見えなかった。隠棲(いんせい)中の鶴松の生母、栄証院(えいしょういん)だって見抜けないだろう。

「だから申し上げたではございませんか、鶴松様。今の貴方(あなた)様なら上様もお気付きにはならないと」

富貴子に続き、何故か咲までもが得意気に胸を張る。

「そうそう。この私が腕によりをかけたのもありますが、もともとの素材が極上でしたから。…いやあ、さすがは上様の弟君でいらっしゃいますねえ…」

舌なめずりする咲は、獲物を発見した肉食獣か何かのようだ。鶴松は『私は男子にございます!』と泣きそうになりながら訴えていて、場は混沌とするばかりである。

「——いい加減にしろ、お前たち」

純皓がぱちりと扇を鳴らすと、三人は慌てて居住まいを正した。鶴松と富貴子が協力を申し出て以来、本来の姿をさらすようになったのは、純皓なりの信頼の表れだろう。

富貴子によれば、鶴松は小姓として桐姫の傍近くに仕え、佐津間藩と能登守とのつながりを探っていてくれたのだという。そのためには女子に変装しなければならず、富貴子と咲が協力して鶴松を大奥で一番可愛い娘に変身させてくれたのだそうだ。必要に迫られたがゆえの致し方ない処置だったのだと、二人は何度もくり返した。

「…申し訳ございませぬ、兄上。思いがけぬことが起き、急ぎこちらへ駆け込んだもので、富貴子姫と咲どのは私の心をほぐそうとして下さったのです」

鶴松が深々と頭を下げた。たおやかな仕草が妙にさまになっていることは、見て見ぬふりをしてやるのが武士の情けであろう。獲物を狙う獣のような目で、咲がじっと鶴松を見詰めていることも。

「思いがけぬことだと？　まさかお前の身に何かあったのか？」

「いえ、そうではありませぬ。……こちらを」

差し出されたのは古びた冊子だった。桐姫が居なくなった隙に局を探索し、発見したものだという。ずいぶん厳重に隠されていたそうだから、何か重大な手がかりがひそんでいるに違いない。

「俺はすでに読ませてもらった。お前も確認してくれ」

純皓に促され、光彬は三人に見守られながら目を通していった。

ところどころ日付の書き込まれたそれは、誰かの日記のようだ。最初の日付は今から二十年以上前。書き手が西都所司代として西の都に赴任したところから始まる。西都所司代に任命されるのは譜代大名のみだから、この書き手は大名ということになる。

……二十数年前の、西都所司代……？

嫌な予感にざわめく胸をなだめながら読み進めていく。

書き手はずいぶん狭量な人間のようで、公家のちょっとした法度違反を大げさに取り上げては処分を下したり、家臣のささいな失敗をあげつらっては重い罰を与えたりと、人を苛むことに歓びを見出しているとしか思えなかった。彼を恨む者は内にも外にも多かっただろう。

中でも最も胸糞が悪いのは日記の中盤、公家の令息に関するくだりだ。その令息は前々から素行に問題のある人物だったのだが、こともあろうに取り巻きたちと共に宮中の女官に手を出してしまったのである。

帝の支配下にあり、その妃に選ばれることもある女官と関係を結ぶのは、いかに高位の公達であろうと禁忌である。発覚すれば厳罰は避けられない。

神君光嘉公の御代にとある公達が女官と密通した際は、事態を重く見た幕府が介入し、公達を死刑に処している。この一件を機に禁中の諸法度が定められ、朝廷や公家が幕府によって取り締まられることになったのだ。

再び同様の事件が起きれば、公家は自らを律することも出来ないとして、さらなる幕府の支配を招くだろう。かろうじて残された権限と権威すら失いかねない。そういう意味でも、女官と通じることは大罪なのだ。

くだんの令息もそれくらいわきまえていたはずだが、欲望の歯止めにはならなかったようだ。最初は人目を忍んでいた逢瀬もだんだん大胆になってゆき、とうとう西都所司代——日記の書き手の知るところとなってしまう。

書き手は人格にこそ大いに難はあったが、有能であることに間違いは無かった。短い間に密通の証拠を集め、罪のもみ消しと引き換えに令息から差し出された女人を…美女と名高い令息の父の妾を、一夜の慰み者にしたのだから。

すでに反吐が出そうだが、虫唾が走るのはここからだ。

好きでもない男に汚された我が身に耐え切れなかったのか、妾はその後、自ら命を絶ってしまったのである。妾の美貌に魅せられた書き手は一晩と言わず、その後も令息の罪をねたに関係を求めるつもりだったが当てが外れてしまい、もったいないことをしたと嘆いていた。狂っているとしか思えない。

外聞を恐れてか、妾は経すら上げられずひっそりと葬られ、公には男と出奔したとされた。隠蔽されたその死を知るのは書き手と令息と父親…彼女を貶め、汚した男たちのみ。

後の日記に令息も妾も登場することは無かったが、能登守と佐津間藩のつながりはこの事件以外ありえない。

──何故なら令息とは紫藤家の嫡男(ちゃくなん)、和皓。己の妾を息子のために差し出した父親は、右大臣、純皓の父親。二十数年前に西都所司代だった男といえば、小笠原(おがさわら)佐渡守…能登守の亡き実父しか居ない。

そして、卑劣な男たちの犠牲となって散った、美貌の妾とは…。

「……お前、の……?」

否定して欲しかった。窮乏(きゅうぼう)して久しいとはいえ、右大臣だ。何人もの妾を囲っていてもおかしくはない。

別人であって欲しい。さもなくば、純皓があまりにも──。

「ああ。……俺の母、椿(つばき)だ」

切なる願いは届かなかった。

純皓が妾腹(しょうふく)の出なのは周知の事実だ。日記に妾の名前までは記されていなかったが、薄々察してはいたのだろう。鶴松と富貴子、そして咲が沈痛な面持ちでうつむく。さっきまで異様にはしゃいでみせていたのも、純皓の気を少しでも紛らわせるためだったのかもしれない。

……何ということだ……。

純皓の生母、椿は息子がまだ幼い頃、男と共に出奔したと純皓は言っていた。父の右大臣から聞かされたのだろう。自分は母に捨てられたのだと、そう思い込んで生きてきたのだ。

だが椿は逃げてなどいなかった。男たちによってたかって貶められ、自ら命を絶つまでに追い詰められ、死を偽られることで最後の尊厳まで奪われていたのだ。しかもそう仕向けたのは、実の父親と異母兄である。

純皓は閉じた扇でとんとんと脇息（きょうそく）を叩いた。

「……そのことはもういい。今は死者より、生きた人間を優先すべきだ」

「ですが、義姉上（あねうえ）…」

「鶴松と富貴子姫が身体を張って手に入れてくれた手がかりだ。これを活かさない手は無い。…そうだろう、光彬？」

凛（りん）とした黒い瞳に迷いの色は無い。扇を握る手がかすかに震えていることに気付かない光彬ではなかったが、あえて頷いた。

純皓が前に進むことを選ぶのなら、光彬も共に前進するだけだ。富貴子や鶴松は不満そうだが、夫婦の心は互いだけがわかっていればいい。

「佐渡守は数年前の流行病（はやりやまい）で死んでいる。おそらくこの日記は、息子の能登守が遺品整理でもしている時に発見したのだろう」

「…能登守は、生きた心地がしなかったでしょうね…」

富貴子の言う通りだ。佐渡守は死んでも、他の当事者…右大臣と和皓、その取り巻きたちはまだ生きている。いつ、どんな弾（はず）みで彼らの口から事件が語られるかわからない。

大名家の当主、西都所司代まで務めた父が女人と引き換えに公家の罪をもみ消したなどと、たとえ処罰されることがなくても、露見すれば小笠原家の体面は地に落ちる。それは武士としての能登守の死を意味する。

「能登守は生真面目な男だ。己の立場を危うくするとわかっていても、父の罪の証拠を処分することも出来ずに保管していたのだろう」

光彬の推測を、鶴松も髪の花飾りを揺らしながら首肯する。

「では、この日記は能登守のもとから盗み出されたというわけですね」

誰の仕業なのかは考えるまでもない。…隆義だ。各国の隠密をことごとく討ち果たす凄腕揃いの佐津間藩なら、能登守の邸に忍び込み、日記を一冊盗み出すくらい簡単にやってのけるだろう。

「問題は、左近衛少将がどうやってこの事件と日記の存在を知ったのか…ですね。西海道の志満津家と小笠原家とでは、特につながりは無いはずですから」

「…たぶん、あに…、…紫藤麗皓だろう」

鶴松の疑問に答えたのは純皓だった。

「あの男は俺と違い、紫藤家の本邸で生活していた。和皓の事件が起きた時はまだ十二、三のはずだが、事件について知っていてもおかしくない。公にならなくても、邸内では大騒ぎになっただろうからな」

「麗皓から事件を教えられた隆義は小笠原邸を探り、証拠となる日記を見付け出した。そして日記は能登守を思うがまま操るための道具として、桐姫に渡った。…つじつまは合うな」

亡き父の犯した罪を暴露すると脅されれば、能登守は従うしかなかっただろう。桐姫を側室候補の御中臈として大奥入りさせるという提案も、桐姫の後見人に名乗り出たのも、全ては父の罪を露見させないためだったのだ。

……だが、隆義は何故そこまでして桐姫を大奥に送り込んだ？

あの男ならわかっていたはずだ。側室ではなくただの候補ならば、何年光彬の手がつかなくても文句は言えない。由緒正しい血統の桐姫を、郁姫のように殺して取引の材料にするわけにもいかない。

佐津間藩にとって何の利益ももたらさないのに隆義は桐姫を送り込み、幕府に一月の猶予まで与えた。…それは何のためだ？　老中まで抱き込めたのなら、最初から側室として受け容れるよう提案させても良さそうなものを。

「…ともかく、まずは能登守を締め上げ、裏を取るのが先決だな。うまくやればこちら側に引き込み、佐津間藩の情報をさらに引き出せるかもしれない」

純皓の提案に、全員が賛成した。

能登守は今、桐姫と対面しているはずだが、その後に呼び出せば怪しまれてしまうだろう。主殿頭に事情を説明し、次の登城日である明後日に中奥へ交渉の報告と称して同行させ、そこでこの日記を突き付けてやればいい。

「……上様」

遠慮がちに呼びかけてくる富貴子の横で、鶴松がうとうとと船を漕いでいる。毎日桐姫の傍で神経をすり減らしていたところに日記まで発見し、疲労が限界を超えてしまったのだろう。まだ幼いのに、本当によくやってくれた。

「どこかの部屋で休ませてやってくれ。…富貴子姫、付き添いを頼めるか」

「…はい！　お任せ下さいませ」

富貴子は快諾し、眠ってしまいそうな鶴松の手を取って退出していった。今はまだ富貴子の方が背が高いが、もう数年もすれば逆転し、鶴松が富貴子の手を引いてやるようになる。そんな未来を、奪わせるわけにはいかない。

やがて咲が無言で去ると、光彬は純皓ににじり寄った。かき抱いた瞬間、打掛の肩が大きく跳ねる。

「……もういいぞ、純皓」

「っ……、……光彬……」

強張っていた身体から力が抜ける。

のろのろと光彬の背に回される腕は、いつもとは比べ物にならないほど弱々しかった。だから光彬は純皓の分まで力を込める。驚愕、悲嘆、憎悪、自己嫌悪。その身の内で荒れ狂っているだろう感情の奔流ごと、支えてやるために。

「…右大臣は…、俺の父は、最低な男だった」

「……」

「だから母が俺を産んで逃げたと聞かされた時、もっともだと思った。あんな男に子どもごと縛り付けられるよりは、さっさと捨てて逃げるべきだ。俺だってそうすると。だが……」

ふう、ふう…っ、と純皓は大きく呼吸した。今にも溢れ出てしまいそうな慟哭を、押しとどめるように。

「……本当に最低なのは、俺の方だった」

「…純皓…、だがお前は…」

「幼かった？　…そんなのは理由にならない。右大臣が息をするように嘘を吐く男だってことはわかっていたんだ。疑う要素はいくらでもあったのに、俺は母の行方を調べようともしなかった」

事件当時、純皓は生まれて間も無い赤子だった。何も出来なくて当たり前だ。だが成長した後なら…「八虹」の長となった後なら、母の行方を捜す手立てはいくらでもあっただろう。

しかし純皓は母を捜さなかった。逃げて当然だと思っていたから？　いや、光彬にはそうは思えない。光彬の妻は、己で確かめもせずに真実だと決め付けるような男ではない。

「……怖かったのではないか？　逃げた先で家庭を築き、幸せに過ごしている母親を見てしまうのが」

「……っ…」

「自分は本当に捨てられてしまったのだと、思い知らされることが…」

純皓は小刻みに肩を震わせるだけで答えない。答えないのが答えだと思った。

母は男と逃げたのだと信じているうちは、ただ母を恨んでいられる。だが幸せになった母を見てしまったら、自分は母にとって不要な存在でしかなかったのだと思い知らされる。右大臣と和皓、そして佐渡守は椿のみならず、その息子の心にまで深い傷を負わせたのだ。

「……和皓が俺を見て腰を抜かした理由。これで、明らかになったな」

しばらくの沈黙の後、紡がれた声にもう涙の色は滲んでいなかった。甘えるようにもたれかかる妻が愛おしくて、光彬はその背中を優しく撫でる。

「お前は母君…椿どのと瓜二つだそうだからな」

成長した純皓との面識が無ければ、あの追い詰められた状態で、亡き椿と見間違えてもおかしくはない。

自分の罪をもみ消すために生贄にされた女が、二十数年経って突然目の前に現れたのだ。和皓が取り乱すのも当然だと、光彬は思ったのだが。

「…何か、腑に落ちない」

「どういうことだ?」

「和皓は自分のために他人が犠牲になるのは当然だと思い込んでる奴だ。端女(はしため)が一人死んだくらいで、二十年以上もの間、あそこまで引きずるとは思えない」

端女、という言葉に和皓の性格が滲み出ている。妾であっても椿は自分の弟を産んだ女人なのだが、和皓にとっては取るに足らない存在なのだろう。だからこそ尻拭(しりぬぐ)いのため、佐渡守に差し出したのだ。

「何かあるのかもしれんな。和皓のような外道(げどう)でも、椿どのの死を忘れられない理由が」

「そうだな。……正直、嫌な予感しかしないが」

腕の中の身体がわずかに強張る。あの傲慢な男でさえ忘れられないほどの死にざまなら、たった一人の息子には惨劇に他ならない。

「和皓を神官役として左近衛少将に仲介(ちゅうかい)したのは、間違い無く麗皓だろう。目的は民衆を煽(あお)ってお前を貶め、佐津間藩の交渉を有利に運ばせるため」

「…純皓」

「それも妙な話だ。和皓より使える人間なんて、ごまんと居るはずなのに。…何か、あの男でなければならない理由があったのか…」

「もうやめろ、純皓。…もういいんだ」

光彬は純皓を抱いたまま、背中から畳に倒れ込んだ。覆いかぶさる妻の髪には、町で買ってやった椿の銀簪が挿(さ)されている。

「佐津間藩のことも、和皓と麗皓も、今は忘れてしまえ。俺の前で強がる必要は無い」

「…っ…、…俺、…は…」

「吉五郎と郁姫の時にはお前が慰めてくれた。……今度は俺の番だ」

鶴松と同じく亡き父の子、光彬の異母弟でありながら、様々な思惑ゆえに誰にも知られぬまま、この腕の中で息絶えた少年。異母兄の陰謀によって使い捨てられた、憐れな姫君。

二人の死に打ちひしがれる光彬と悲しみを分かち合ってくれたのは、純皓だった。だから今度は光彬が支えたい。並みの武士が束になっても敵わないほど強く、美しく艶やかで、…それでいて脆い妻を。

「……恨んでいる、だろうか」

自分より広い背中を撫でているうちに、途方に暮れた子どものような声が降ってきた。光彬しか知らない音色。光彬にしか晒されない姿に、胸の奥が熱くなる。この男の夫で良かったと心から思った。弱さも悲しみも、こうして半分引き受けてやれるのだから。

「ずっと、…子どもを捨てて逃げた女だと思われて…、…母は俺を、恨んでいるだろうか」

「まさか」

光彬は椿という女人と一面識も無い。知っているのは純皓にそっくりな、たいそう美しい女人であったらしいということのみ。

だけど、これだけは言える。

「椿どのはきっと、お前を誇りに思っている。たった一人で取り残されたのに、よくぞ立派に育ってくれたと」

「…俺は八虹の長だぞ。世間一般の『立派』からはかけ離れているだろう」

「母親という存在は、どのような形であれ、我が子が生きて元気にしてくれているだけで嬉しいものだ。俺の母もそうだからな」

「お前の母…、おゆき様か」

純皓は高い鼻をもぞもぞとうごめかせて光彬の小袖を広げ、そのまま胸元に顔を埋めてくる。

いつもの純皓とは違う幼い仕草が、もっと話してくれとせがんでいるようだった。そういえばもう五年近く連れ添ったというのに、色々ありすぎたせいか、母おゆきの話をしたことはほとんど無い。

「母上は…、そうだな。とても優しいお方だ」

思い浮かぶがまま、光彬は母の思い出を語っていく。

貧しい御家人の娘だが、不思議と気品に満ちた女人であること。将軍生母でありながら小さな庵でのわび住まいを選び、身分を隠して町の人々との交流を楽しんでいること。未だ美貌を失わない母に、将軍生母と知らずに恋心を寄せる町人の男たちが居るらしいこと。たまに訪ねると満面の笑顔で出迎え、心尽くしの手料理でもてなしてくれること。…いつでも光彬を一番に思っていてくれること。

「俺が将軍になった今、母上を脅かす者は居ない。にもかかわらず城に戻らなかったのは、政争に巻き込まれ、俺の足手まといになることを恐れたからだろう」

「…将軍生母となれば、利用価値は計り知れないからな。おゆき様さえその気なら、お前を通してこの世の栄華を極めることも出来る」

「だが母上の頭にあるのは、俺が健やかであること…ただそれだけだ。母親にとっては、子どもはいつまで経っても子どもなのだろう。きっと今も、俺を案じて眠れぬ夜を過ごしておいでのはずだ」

最後に会ったのはもうずいぶん前になる。噂が耳に入ってはと思い、佐津間藩との一件については文でざっと説明しておいたが、交渉はどうなってもいいからどうか身体だけは大切に、と返事があった。

「将軍生母としては無責任の誹りを受けるかもしれん。だが母親とは、そういうものなのだろう。何が犠牲になっても、我が子にだけは生きていて欲しいのだ。…椿どのも、きっと」

「……そんなこと、わからないだろう。だって彼女は、俺の」

「そうだ、俺がこの世で最も愛するお前を産んでくれた母君だ。しかもお前に瓜二つなのだろう？　ならば愛情深く、心映え優れたお方に決まっている」

ぴくん、と純皓の肩が揺れる。

しばしの沈黙の後、首筋に熱い吐息が吹きかけられた。不意打ちめいたそれにほのかな熱が灯る。

　妻の頬に添えようとした手は、寸前で畳に縫いとめられた。他ならぬ妻の手によって。

「……す、純皓……？」

　見下ろす黒い瞳は情欲に濡れ、呆然とする光彬を映している。ぺろりと唇を舐め上げる舌の艶めかしさに、背筋を寒気にも似た震えが走る。

「佐津間藩の一件に片が付いたら、共におゆき様のところへ行こう。俺にとっては義母にあたるお方だ。遅くなってしまったが、一度はご挨拶をしておきたい」

「あ、ああ、きっと母上もお喜びになるだろ、……ぁっ…」

　首筋に埋められた唇が、薄い肌を吸い上げる。そこにもう数えきれないほどの愛撫を受けてきたにもかかわらず、全身の血が滾り始めるのは、密着した身体が小袖越しにも燃え上がりそうなほど熱いせいか。

「おゆき様は何がお好きかな。お前と似た気性のお方なら、贅沢な品より心を込めたものの方が喜ばれるだろう」

「…そ、…っ、れ、は……」

　貞淑な妻の鑑のような発言とは裏腹に、純皓の唇は夫を淫らに追い詰めていく。感じるところばかりついばまれるたび四肢が跳ねてしまい、まともに応えも返せない。

「お前の昔の話も伺いたいな。俺と違って、元服前のお前はさぞ可愛かっただろう」

なのに純皓は、お構い無しで甘い口付けの雨を降らせていく。光彬の熱を吸い取り、我が身に取り込もうとするかのように。

「…純皓、…お、…前…っ」

いったい何がしたいのだ――疑問をぶつけようとして、光彬は気付いた。自分を押さえ付ける純皓の手がぶるぶると震えていることに。重なり合った心の臓が、今にも弾けてしまいそうな勢いで早鐘を打っていることに。

はあはあと、獣めいた荒い吐息。…ずしりと重く、脈打つ股間の肉刀。

……そう……、だったのか。

ふっと身体の強張りが解けた。

それはのしかかる妻にも伝わったのだろう。不審そうに動きを止める。見下ろす眼差し一つで光彬をなぶれる男など、この世に純皓だけだと思う。

「……純皓。俺のことは気にするな」

「何……?」

「抑えなくていい。……どんなお前でも、全て受けとめるから」

馬鹿なことを、とでも返したつもりなのだろうか。

だが純皓の唇から溢れたのは、その花をもあざむく美貌にはとうてい似つかわしくない、獣の咆哮だった。

「…あ……っ！」

がばりと身を起こした獣が光彬の小袖の裾を乱暴にまくり、下帯を引きちぎりそうな勢いで取り去った。むつきを換える赤子のように広げられた両脚の間、今日はまだ触れられてもいない蕾に突き付けられた肉刀は手を添えられなくても雄々しく反り返り、だらだらと物欲しそうによだれを垂らしている。

「純皓……」

名を呼べば、白い喉がごくりと上下した。怒張した肉刀を、純皓はもどかしそうに扱き上げる。今からこれで犯してやるのだと見せ付けているのか、もっと猛り狂わせてから串刺しにしてやりたいのか。

純皓自身にもわからないのかもしれないが、いずれにせよそれは捕食者の仕草だった。自ら喰らわれることを選んだ光彬すら戦慄せずにはいられないほど残酷で、だからこそなまめかしい――。

「……あ…っ…、あ、ああ……っ！」

ぐり、ぐりり、と先走りを塗り込めるようにこすり、熟した切っ先が蕾を割り開いた。

夜毎受け容れているとはいえ、慣らされもしないそこに純皓のものは大きすぎる。かさの開いた先端が肉を穿つたび、軋む蕾は痛みをもたらした。二人の身体の狭間で、力無く項垂れたままの肉茎がふるふると揺れる。

「あ、…っ、…く……」

食いしばった口から呻きが漏れた。いつもならすぐにでも甘い睦言であやしてくれるはずの妻は肉刀をねじ込むのに夢中で、こちらを見ようともしない。

……それで、いい。

光彬はわななく脚を持ち上げ、純皓の腰に絡めた。ぶるりと純皓が胴震いするのに合わせ、羽織ったままの打掛に織り込まれた流水紋が波打つ。

…傍から見たら酷い光景だろう。天下の将軍が下肢だけを暴かれ、天人のように艶やかな妻に貫かれているのだから。

……だが、俺の望んだことだ。

身の内に荒れ狂う欲望で光彬を傷付けまいと、まるで関係の無い話まで振って、純皓は必死に己を抑えようとしていた。光彬にはそれがもどかしくてたまらなかった。純皓から生まれいでるものなら何でも…負の感情さえも我が物にしたかったから。

「……あ、あ、……あぁっ…！」

ずん、と媚肉をかき分ける肉刀が根元まで突き立てられた衝撃で、光彬の背中は畳からわずかに浮き上がった。そのまま後ろにずり下がりそうになる上体を、純皓は背中に回した腕で引き寄せる。

「あ…っ…あ、あぁ、…あっ、純、皓…」

「は…、…っ、はぁ…、は……っ…」

「愛している…、…お前、…だけを…」

乱れた髪から落ちそうになっていた銀簪を抜き取り、椿の透かし彫りに口付ける。かすかな残り香が恋しくて、そのまま舌を這わせれば、ぎりりと歯の軋む音が聞こえた。

長い黒髪を無数の大蛇のごとく波打たせた美しい獣が、おもむろに腰を引く。

「う、……あっ！」

抜けかけた肉刀に一息に貫かれた瞬間、光彬の視界は真っ白に染まった。切っ先に抉られた最奥から何かが溢れ、ひたひたと全身に打ち寄せていく。

絶頂に追い立てられたのだと悟ったのは、はだけた小袖から覗く胸元に熱い飛沫が降り注いだ後だった。純皓が快楽の余韻に打ち震える肉茎を白い手で支え、先端をこちらに向けている。ぱくぱくとうごめく肉のくぼみと、胸元に散る白い粘液は、尻を犯されるだけで極めた動かぬ証拠だ。

「あ…っ、…ん…」

深々と光彬に埋もれたまま、純皓は胸元を汚す精に舌を這わせる。

一滴も残らず舐め取ろうとする貪欲なそれは紅く、ぬるぬると肌を滑るたび光彬にさらなる快楽の炎を注ぎ込んだ。脱力して畳にずり落ちていた脚が、びくんびくんと焼きごてでも押し当てられたかのように跳ねる。純皓は光彬の中を満たしただけで、まだろくに動いてもいないというのに。

「……は、……あっ……」

もどかしさと切なさに、腰が勝手にくねり始める。もっと、もっと奥に。いつもみたいに、中をごりごり擦って。

さもなくば、治まらない。壊れそうな勢いで脈打つ心の臓も、全身をぐるぐる巡る熱い血潮も…再び熱を孕みだした肉茎も。

「……まだ、だ」

黒い瞳をぎらつかせながら、純皓が肉茎の根元を長い指で縛めた。嚢ごと握り込まれ、本能的な恐怖が脳裏をかすめる。

「っ…ぁ、純皓…っ…」

「まだ俺は、お前に注いでやっていない。……溢れ返るくらい、ここをいっぱいにしてやらなければ気が済まないんだ」

——どんな俺でも、受け止めてくれるんだったよな？

なまめかしく吊り上がる唇を、ちらりと覗く白い糸切り歯が彩る。純皓の中にひそむ獣の本性が、貞淑で優雅な妻の皮を破って牙を剝く。

ともすればこの命ごと喰らわれかねない、美しい獣。

でも、これもまた純皓の一部だというのなら——。

「……ああ……、純皓」

光彬は銀簪を握っていない左腕を乱れた小袖からのろのろと引き抜いた。片方だけさらけ出された胸と、すでにつんと尖った肉粒に、純皓は喉を鳴らす。

……いつもと逆だな。

艶めいた媚態に魅了され、わけがわからなくなるのはいつだって光彬の方なのに。愛しい男の眼差しを独り占めするのは、こんなにも心震えるものなのか。

「たんと喰らえ。……そして、俺を満たしてくれ」

お前が欲しいとねだる代わりに、銀簪の透かし彫りをねぶった。いつも純皓がするように濡れた舌を見せ付けてやれば、腹の中の肉刀がどくんと脈打つ。

「……く……っ」

純皓がこぼれかけた甘い声を呑み込んだところで、光彬は蕾をすぼめ、肉刀をきつく締め上げた。

自分だけがいかされ続けるのでは面白くない。同じだけ、妻にも快楽を貪り喰わせたい。

「…ほら…、純皓…」

「あ、…っ、…ん……」

「中でいけ。……俺をいっぱいにしてくれるのだろう?」

光彬は不敵に笑い、剝き出しの左手で長い黒髪をかき分けた。うねる媚肉で肉刀を扱き立ててやりながら伸び上がり、懸命に嬌声を堪える唇を食む。

みずみずしくやわらかな感触に頭がくらくらした。光彬の妻は本当に天人だったのだろうか。

こんなところまで甘く、夫を酔わせるなんて——。

「…ふ、……ん…っ…！」

純皓の吐息が、重ねられた唇から吹き込まれる。その熱さを堪能する間も無く肉茎を解放され、畳に押さえ付けられた。

広げられた両脚を担がれ、下肢が浮かび上がる。

「……ぅうっ……」

さらけ出された蕾を一息で貫かれる衝撃に、つかの間、息が詰まった。

再び吹き込まれる息吹を夢中で貪る間にも、無防備な腰を乱暴に突き上げられる。だんだん滑りが良くなっていくのは、切っ先から溢れ出る先走りのおかげだろうか。

「ん…、……う……っ」

光彬は左手を純皓の項に回し、愛しい男の唇を引き寄せる。

いっそう息苦しくなるとわかっていても、そうせずにはいられなかった。今は……今、この瞬間だけは、純皓だけを胸に宿していたい。純皓もきっと、光彬と同じ気持ちでいてくれるはずだから。

「ふ、う…っ、んっ、…ぅ……」

銀簪を落としてしまわぬよう、ぎゅっと握り込む。光彬の熱を吸ったそれは人肌の温もりを帯び、不思議なくらい手に馴染みつつあるというのに。

「…う…、…ぅっ？」

純皓は何故か不機嫌そうに眉をひそめ、伸ばした手で銀簪を抜き取ると、光彬では届かないところへ遠ざけてしまった。どうして、と思わず眼差しで抗議すれば、濡れた肉茎をきつく握り込まれる。

「俺以外の奴に触れるな。せっかくお前からもらったのに…、…ぶち壊してやりたくなる」

「……お前、……」

人間ですらないただの簪に、本気で嫉妬するなんて。光彬は笑ってしまった。純皓もおとなげ無いが、そんな妻も愛おしく思えるのだから困ったものだ。

「…お前が悪いのだぞ、純皓」

「何だと……？」

皺(しわ)の寄った眉間を、光彬は力の入らない手でつんとつつく。

「お前が、しっかり手をつないでいてくれないから」

「……」

「俺を放すな。どんな時も……たとえ……」

――逃れられぬ死が、二人を分かつ瞬間でも。

胸にしまっておくつもりだった言葉がするりと口をついた。快楽に支配されていたはずの脳裏に、輝きを失い砕け散る鋼の刃と鮮血、そして悲嘆に顔を染めながら絶叫する純皓が浮かんでは消えていく。

「――放すものか」

銀簪を握っていた指が、ぎゅっと握り込まれた。

「俺はお前の妻だ。何があろうと放さない。……死に神がお前を連れていこうとするのなら、死に神ごとこちら側に引きずり戻してやる」

「……ふ、……っ……」

砕けた刃と鮮血の残影が跡形も無く消え去っていく。…ああ、そうだ。光彬の身に何が起きようと、純皓はむざむざと見送るような男ではない。誰が相手でも立ち向かい、その手に夫を取り戻そうとするだろう。

光彬は微笑み、妻の手を握り返す。

「…お前と一緒なら、どんな窮地からでも帰ってこられそうだな」

「当たり前だ。俺もお前も、逝くにはまだ早すぎるだろう」

その通りだ。たとえ隆義や麗皓、そして佐津間藩にまつわる諸々の事件に片が付いても、そこで終わりではない。

光彬と純皓の人生はまだまだ続くのだ。臣下や家族に支えられ、民のために力を尽くし、いつかは鶴松に将軍の座を譲り——純皓と二人、日差しを浴びながら昔を偲(しの)ぶ。そんな日を迎えるためにも、生き延びなければならない。

「純皓……」

「ああ、……光彬……」

どちらからともなく唇を寄せ、重ね合う。腹の中でどくんと脈打つ純皓が愛しくて、光彬は項に回していた手を背中に滑らせ、ぐっと力を込めた。

「う…っ、…あ、あっ、あぁっ……」

ぐずぐずに蕩(とろ)けた媚肉を穿たれ、極めそうになるたび肉茎の根元を縛められる。…つらくはなかった。純皓が共に上り詰めようとしているのだと、わかっていたから。

……あと何度同じ絶頂を分かち合い、どこでどんな最期(さいご)を迎えるのだろうか。

人の身には知りようがないけれど、純皓さえ傍に居てくれるなら、そこはきっと極楽浄土に違いない。

「あ…っ、……あぁぁあっ……！」

注ぎ込まれる純皓の命の熱さを存分に味わいながら、光彬は二度目の絶頂に駆け上がった。

無意識に腰を揺らし、放たれた精を媚肉に染み渡らせるそばから腰を担がれ、再び律動を刻まれ始める。二度、三度と光彬の中を抉るだけで太いものはたちまち逞(たくま)しさを取り戻し、光彬を果ての無い悦楽へ誘う。

――そうして互いを貪り、貪られ、幾度共に極めたのだろう。

「……麗皓は何故、椿どのの事件を利用しようと考えたのだろうな」

まだ交わりの気配が色濃く残る空気に吐息を溶かし、光彬は呟いた。さんざん喘がされたせいで声は少しかすれているが、夫が寒くないよう、腕枕で抱き込んでくれている妻にはちゃんと届いたはずだ。

「昼間からずっと疑問に思っていたのだ。和皓を利用して民を煽り、将軍の権威を貶めれば、確かに幕府との交渉に有利に働くだろう。だが麗皓なら、あんな回りくどい手を使わずとも、もっと確実で有効な策を講じられそうなものだ」

首筋を撫でる手に続きを促され、光彬は昼間の一幕を思い浮かべる。…紫藤和皓。麗皓とは同母の兄弟というのが信じられないほどの下衆だった。

狭量、傲慢、尊大。弟たちは決して持ち合わせない悪徳ばかり備えたあの男をわざわざ西の都から呼び寄せ、駒として活用するのは危険度が高すぎる。実際、今日はさんざん失態を晒し、数多の民に疑念を抱かせてしまった。

人の口には戸が立てられない。数日もすれば今日の事件は恵渡じゅうに広まり、かえって佐津間藩の足を引っ張ることになるだろう。…あの麗皓が、それくらい予見出来ないわけがないのに。

「……実は、俺も同じことを考えていた」

「純皓も？」

「ああ。…だが、あの男は意味の無いことはしない。敢えて和皓を使ったのには、理由があるはずだ」

行燈のほのかな灯りに照らされた妻の麗しいかんばせに、会ったことの無い女の面影がおぼろげに重なった。純皓と生き写しだったという絶世の美女、椿。自害して果てたのは純皓が生まれて間もない頃だそうだから、せいぜい二十代の前半、ひょっとしたらまだ十代だったかもしれない。

純皓と瓜二つの、憂いを帯びた美女がはらはらと涙を流している。自分を妾として囲う男の息子のため、まだ赤子を産んだばかりだというのに、顔も知らない権力者に身を捧げろと命じられたのだ。

その細い肩を抱く少年は、男のもう一人の息子。兄とは比べ物にならないほど整った顔が怒りと無力感にゆがんだところで、光彬は妄想を断ち切った。

…いったい、何を考えているのか。椿は麗皓の異母弟、純皓の生母だ。麗皓にとっては義理の母に当たる存在なのに。

「確かめなければならんな。麗皓が和皓を利用した理由を」

――そして、麗皓と椿の関係も。

さもなくば麗皓の真意は見えず、恵渡を覆い隠そうとしている暗雲を打ち払うことも出来ない。光彬にはそんな気がしてならなかった。

時は少しさかのぼる。

「…こんな安酒が飲めるか！　もっと上等な酒を持って参れ！」

和皓が酒臭い息をまき散らしながら盃（さかずき）を壁に投げ付けると、ひぃぃっ、と侍っていた女が悲鳴を上げた。かん高い声が耳障（みみざわ）りで、ついさっきまで夢中で貪っていたはずの豊満な身体を乱暴に突き飛ばす。

「…な…、何をなさいます…！」

女はさすがに抗議するが、和皓は鼻先で笑った。

「端女如（ごと）きが、畏れ多くも帝の血を引くまろに歯向かうか？」

「っ……」

「不愉快じゃ。……去るがいい」

屈辱に身を震わせつつも、女は乱れた小袖をかき合わせながら去っていった。

一人きりになった座敷に、新たな酒が運ばれる。軽く燗（かん）のつけられたそれは、最高級の諸白（もろはく）だ。困窮した実家ではとうてい手の出ない極上の酒精（しゅせい）はささくれだった神経をほんの少しだけ癒してくれるが、刻み込まれた恐怖までは忘れさせてくれない。

「……何故じゃ。何故今さら、あの女が……」

街中からこの佐津間藩邸に逃げ帰って以来浴びるように酒を呷っているのに、思い出すだけで身体が芯から冷えてくる。

『……二度は言わない。退け』

囁いた声は、記憶にあるよりもいくぶん低かった。けれど都一の美女と謳われた面はかつてと同じ…いや、いっそう輝きを増し、黒い瞳はまっすぐに和皓を捕らえていた。お恨み申し上げますと、無言で訴えながら。

「馬鹿な…、ありえぬ。ありえぬことじゃ……」

あの女は…椿は死んだのだ。動かなくなった骸を、この目で確かに見た。

事件の直後は、恨みのあまり化けて出るのではないかと常に怯えていた。草木が風に揺れる音や、家鳴りにさえびくつき、毎日のように悪霊祓いの祈祷を上げさせ、陰陽師を傍から離せなかった。

けれど女の亡霊が和皓の前に現れることは無く、時が経つにつれ、恐怖はだんだん薄らいでいった。

『尊い帝の血を引く和皓の役に立てたというのに、当てつけがましく死んだあの女の方が悪いのです』

母の言い分は正しかったのだ。なにせこちらはあの女の忘れ形見を引き取り、育ててやっているのである。いくら美形でも男では、多額の支度金と引き換えに裕福な武家や商家へ輿入れさせることも出来ないにもかかわらず。

感謝されこそすれ、恨まれるいわれは無い——そう思い込んでいたのに。

「…ずっと…、まろにとりついていたというのか…？」

今日、間近であの顔を目撃した瞬間、忘れ去っていたはずの恐怖は一気によみがえった。椿が身の程をわきまえて冥府に下ったのではなく、和皓の傍でずっと復讐の機会を窺っていたのだとしたら…。

ぞくぞくと震える我が身を抱き締め、和皓は叫んだ。

「…っ…、これ！　左近衛少将はまだか⁉」

「……、我が主は多忙の身ゆえ、すぐには参れませぬ。ご容赦を」

ややあって障子の向こうから応えを返したのは、あの目付きの鋭い側近だ。和皓が『薬師の御使い』として恵渡の町を巡る間、配下の武士たちと共にずっと従者兼護衛を務めていた。

その折からやれ『女子に無体を働くな』だの『品位に欠く振る舞いは控えろ』だのと口うるさかったが、昼間の騒動以来冷ややかになった。うわべこそ恭しい態度を崩さないが、必要最低限の言葉の端々に侮蔑が滲み出ている。

……地下人のぶんざいで、付け上がりおって……！

官位も持たぬ卑しい武士が、帝の一族にして兵部卿たる和皓の傍仕えに任じられたのだ。末代まで語り継がれるべき名誉であろうに、ありがたがるどころかこの無礼な態度。隆義が参じたら、暇を取らせるよう命じてやらなければなるまい。

「まだか…、まだなのか……」

じっとしていたらまたあの女の亡霊が背後に現れそうで、和皓は盃を手にしたままうろうろと座敷を歩き回る。

紫藤家には遠く及ばないが、志満津家も西海道では古い歴史を誇る武家だ。霊験あらたかな神社仏閣に伝手の一つや二つくらいあるだろう。高徳の僧に祈祷をさせれば、二十年以上前に死んだ下賤の女一人、たちどころに成仏させられるはずで…。

「——ひぃぃっ⁉」

音も無く襖が開き、和皓は跳び上がった。弾みで畳に転がった盃を、入ってきた男はそっと拾い上げる。

「如何なされたのです、兄上」

「…っ…、麗皓か……」

あの女ではなかった——。

ほっと胸を撫で下ろしつつも、似ても似つかぬ弟の姿を見ていると胸の奥にどす黒いものが渦巻いてくる。同じ狩衣姿でありながら飲んだくれ、見苦しく乱れた和皓と、白鷺のように優雅な貴公子然とした麗皓。兄と弟の落差に心がざわめくのは今日に始まったことではない。

物心ついた頃からそうだった。父母を同じくする兄弟なのに和皓は両親の悪いところばかりを受け継ぎ、麗皓は美点だけを譲り受けた。周囲の誰もがそう囁いた。見返してやろうともがけばもがくほど、敵わないと思い知らされるだけだった。

だから、自分は……。

「少し、酒を過ごされたようですね。左近衛少将は今しばらく手が空かないそうですから、もうお休みになってはいかがですか？」

「…お前…、そのようなことを伝えるために、わざわざ参ったのか？」

「兄上……？」

和皓は千鳥足で弟に近付き、酒臭い息を吹きかけた。柳眉（りゅうび）が嫌そうにひそめられるのが愉快で、けたけたと笑う。

「いやしくも紫藤家の嫡流（ちゃくりゅう）に生まれた男子が、武家の使い走りとは。そなたも堕（お）ちたものよのう、麗皓」

「……」

「そなたに思いを寄せていた女官や姫君がたは、今のそなたを見たら嘆くであろうのう。麗しの樺桜（かばざくら）の君が武家の慰み者になるなどと、夢にも思うまい」

隆義と麗皓がただならぬ関係であることくらい、二人を見ていれば嫌でもわかる。雅（みやび）も解さぬむくつけな男に我が身を自由にさせるなど、和皓なら死んでもごめんだ。評判の美女たちに秋波を送られていた弟が、あの熊のような男に組み敷かれている。その光景を想像するだけで腹の底から笑いがこみ上げる。

「……はあ」

衝動のまま笑い続けていると、麗皓は深い溜息を吐いた。常には無い鋭さを帯びた双眸に射貫かれ、和皓はびくりと身をすくませる。

「な、……何を」

「まだおわかりにならないのですか、兄上。ご自分の立場の危うさが」

「立場……？」

「町での一件は当然ながら左近衛少将の耳にも入っております。幕府の権威を貶め、佐津間藩の味方を増やすはずが町民どもの疑念を買ってしまっては、兄上といえど少将の失望を免れることは不可能でございましょう」

馬鹿なと即座に反論出来ないのは、和皓自身、薄々察していたからだ。側近のみならず藩邸の使用人や女たちの態度が妙に冷たいのも、いつもなら呼び立てればすぐ応じるはずの隆義がいまだに現れないのも、先ほどの失態のせいではないかと。

失敗した者が咎められるのは当然だ。だが――。

「…まろは只人ではない。殿上人…、帝の一族にして紫藤家の次期当主ぞ！」

生まれながらにして、人の上に立つべき存在なのだ。悪いのは和皓ではない。和皓がことをうまく運べるよう尽力しなかった側近たちや、和皓に歯向かった町人、そして生意気にも和皓に食ってかかったあの七田なんとかという下賤の武士が……和皓以外の全てが悪いのだ。

そう、卑賤の身を和皓のために捧げさせてやったのに、勝手に死んだあの女だって…。

「まろは悪くない！　まろの役に立たなかった皆が悪いのじゃ……！」

「……兄上……、……」

吐きかけた言葉を呑み込み、麗皓は持ったままだった盃を懸盤に戻した。年齢不詳の美貌から、さっきまでの不穏な気配は拭い取ったように消えている。

「……左近衛少将には私からも口添えをしておきましょう。兄上にはしばし身を慎んで頂くよう、お願いいたしまする」

「麗皓……？」

「私はこれにて失礼いたします。何かありましたらまたお呼び下さい」

麗皓は振り返らず、襖の向こうに消える。不安にざわつく心を無理やりなだめ、和皓はごろりと畳に横たわった。

少し様子がおかしかったが、麗皓はあれで己の分をわきまえた忠実な男だ。今まで紫藤家に歯向かったことは一度も無い。

弟が兄を盛り立てるために働くのは当然である。あの弟に任せておけば間違いはなかろうが、隆義が機嫌を損ねているというのなら、和皓としても何らかの手は打っておかなければならないだろう。いずれ大臣の位にのぼる和皓自ら動いてやれば、隆義も伏してありがたがるに違いない。

安心したとたん睡魔が襲ってくる。和皓は大の字になり、眠気に身を任せた。

「……貴方が相変わらずの下衆でいてくれて良かった。これでもう、何も……」

襖一枚隔てた向こうで、弟が漏らした呟きなど知るよしもなかった。

城下で和皓扮する神官と遭遇した、十日後。

光彬は恵渡城にほど近い、常盤主殿頭の邸を訪れていた。すでに息子に家督を譲った主殿頭が、老中としての務めをこなすために与えられた邸である。

非公式とはいえ、将軍の来臨だ。本来なら将軍専用の門をしつらえ、一族郎党にいたるまで打ち揃って出迎え、盛大な歓迎の宴を開くべきなのだが、老中の住まいとしては質素な邸内は静かなものだった。

それもそのはず。光彬は地味な羽織袴に身を包み、座敷に居並ぶ主殿頭の家臣たちの末席に紛れ込んでいるのだから。

「間も無く例の者が参る。皆、手はず通りに――良いな？」

上座の主殿頭が告げると、家臣たちは無言で頭を下げた。

広い座敷の左右に座した彼らの間には絹の褥が敷かれ、長い黒髪の病人が横たわっている。布団をすっぽりかぶっているせいでその顔は見えないが、あたりに漂う薬や抹香の匂いは長患いを想像させた。ここは主殿頭が溺愛する孫娘の病室なのだ。

家臣たちに気付かれぬよう、主殿頭がそっと眼差しを投げかけてくる。光彬は己の右側に置いた金龍王丸を確かめ、小さく頷いた。…大丈夫だ。抜かりは無い。聡い老中は主君の意を過たずに読み取り、ぽん、と掌を打ち鳴らす。

「神官をこれへ」

「――はっ！」

廊下に控えていた中年の家臣がきびきびと立ち去り、ほどなくして四人の男たちを連れて戻ってきた。頭巾で顔のほとんどを覆い隠した白い狩衣姿の神官――和皓と護衛たちだ。

その中の一人、目付きの鋭い男は十日前に城下で和皓を諫めていたあの男である。御庭番に人相を告げて調べさせた結果、古くから志満津家に仕える重臣の子息…隆義の側近だと判明していた。

「我が助けを求める憐れな娘は、こちらであろうか」

さすがに老中相手では高い矜持を引っ込めざるを得ないらしい。十日前とは比べ物にならない丁寧な口調の和皓は、その手に黄金の錫杖を携えていた。もとの錫杖は光彬に真っ二つにされてしまったから、新たに作り直したのだろう。

「貴殿が薬師の御使いか。よくぞ参ってくれた」

主殿頭がねぎらうと、和皓は隠し切れない愉悦を目元に滲ませた。今の和皓は一介の神官に過ぎず、老中たる主殿頭とはじかに会話も許されぬ身分である。じきじきに声をかけられるのは、それだけ敬意を払われている証拠と言えた。

「なに、礼を頂くには及びませぬ。孫姫君を心配されるご老中の深きお心を、おいたわしいと思うたまでのことにございますゆえ」

「ありがたいことだ。…見ての通り我が孫娘は長らく臥せっており、医師にも薬石にも見放された身。もはや死を待つばかりと諦めかけておったのだが、貴殿の噂を聞き及び、孫娘にも奇跡が起きぬかと一縷の希望を抱いた次第」

切々と訴える主殿頭は権謀術数を巡らせる老中ではなく、可愛い孫娘を慮る愛情深い祖父の顔をしている。和皓も怪しむ気配は無い。

見事なものだ、と光彬は感心した。その昔、まだ亡き祖父の彦十郎と肩を組んで悪所通いをしていた若い頃、彦十郎のせいでしばらく芝居小屋で役者の真似事をするはめになったそうだが、家督を継がなければ役者として大成出来たかもしれない。

「ご老中は正しい判断をなされました。薬師はあまねく衆生に慈悲をお与えになります。ましてやうら若い娘御を、むざむざと見捨てはなさいますまい」

「おお、では……」

「はい。――孫姫君の病は、私が治してご覧に入れましょう」

胸を張る和皓に、おお…、と居並ぶ家臣たちはどよめく。

光彬もまた彼らの真似をしながら、安堵に胸を撫で下ろした。特に体格のいい家臣の陰に隠れた甲斐あって、和皓は先日己をさんざん虚仮にしてくれた憎い仇の存在に気付いていないようだ。

……どうやら、滑り出しは順調だな。だが油断は禁物だ。

気を引き締めた光彬の脳裏に浮かぶのは、数日前、中奥に呼び出された能登守の憐れなくらい青ざめた顔だ。

『も、……申し訳ございませぬ……！』

亡き父、佐渡守の日記を突き付けられたとたん能登守は崩れ落ち、己の罪を認めた。三月ほど前、捨てようにも捨てきれずにいた父の日記を何者かに盗まれ、気が狂いそうになっていたところに隆義から交渉に協力するよう脅されたのだそうだ。光彬たちの予想通りである。

亡父の恥が知れ渡るよりはと、隆義に命じられるがまま桐姫を御中臈として迎え入れるよう提言したり、後見役となって姫のわがままに振り回されたりもしてきたが、心の内ではずっと強い罪悪感に苦しめられてきた。

父と違い、能登守は職務に忠実でまっすぐな男だ。忠誠を捧げる将軍に対する裏切りは心身をむしばみ、今や血痰を吐き出すほどだったという。そこへ光彬からの追及を受け、とうとう堪え切れなくなってしまったのだろう。

最も責められるべきは亡き佐渡守だが、醜聞を怖れ隆義の操り人形となった自分も罪は免れない。切腹して償うと申し出た能登守を、光彬は償いたいのならこれからは自分の命令に従うよう説得した。

そして能登守が受け容れると、さっそく命じたのだ。まだ光彬にはばれていないふりで隆義とつなぎを取り、『常盤主殿頭の孫娘が不治の病に侵され、薬師の御使いに縋りたがっている』と伝えるように――と。むろん主殿頭には能登守を呼び出す前に事情を説明し、協力を取り付けてある。

果たして今日、和皓は意気揚々と現れた。老中首座たる主殿頭の愛する孫娘を癒せば、光彬にかかされた恥も醜聞も帳消しになる上、再び名声を轟かせることが出来ると信じて。むろん主殿頭に病の孫娘など居ないのだが、大名家が病人の存在を隠すのは日常茶飯事だから、事前に調べられても問題は無い。

「では……まず、姫君のご容態を診せて頂きましょうか」

ここが己を陥れるためにしつらえられた罠だと知らぬまま、和皓は褥の枕元に腰を下ろした。護衛の三人は少し離れた背後に控えている。

主殿頭は重々しく頷き、自ら病人をすっぽり覆う布団をどかした。

「……、……えっ？」

病人の顔がさらけ出されたとたん、和皓はのけ反りそうになる。見開かれた双眸に広がっていくのは驚愕と恐怖だ。

「……御使いどの？」

いぶかしげに呼びかける主殿頭も、不審の視線を突き刺す家臣たちも、和皓の眼中には入らないようだった。その目に映るのは、絹の褥に横たわる病人――長患いが信じられないほどつややかな黒髪の女人だけだ。

「つ…、つ、つ、つば、…き…」

がたがた震えながら和皓がその名を呼ぶと、女人はかたく閉ざされていたまぶたをおもむろに開いた。

咲によって薄化粧の施されたその顔は男性らしい鋭角な輪郭がぼかされ、絹の寝間着を纏った胸元や腰に詰め物をしてあるおかげでじゅうぶん女に見える。ある程度の事情を説明されてある主殿頭の家臣たちも、まさかここに横たわっているのが男…それも将軍の御台所だとは夢にも思うまい。

……すまん、純皓。

複雑な感情を持つ亡き母を演じることは、純皓に大きな負担を強いるだろう。だが光彬にはこれ以外、真実を明らかにする手段が思い付かなかった。

枕に頭を預けたまま、女人は…純皓は亡き母に生き写しと謳われた面を和皓に向ける。

「ひぃぃぃっ！」

「神官様⁉」

　絶叫した和皓に、目付きの鋭い男が慌ててにじり寄る。和皓は転がるようにしてその背中に隠れ、純皓を指差した。

「き、き、斬れ！　その女を斬れ！」

「…な…っ、何を仰せになるのです。そのお方はご老中の孫姫君でいらっしゃいますぞ！」

「違う！　あれはまろを恨んで化けて出た悪霊じゃ！」

「……今、何と申した？」

　主殿頭の低い問いは、錯乱しかけた和皓を現実に引き戻すだけの迫力を孕んでいた。己が何をしでかしたのか、和皓はようやく理解する。主殿頭のみならず、主君の孫姫を悪霊呼ばわりされた家臣たちの発散する怒気によって。

「あ、あ、…まろ、…いや、私は…」

「あまねく衆生に慈悲を垂れるなどと大口を叩いておきながら、我が孫娘が悪霊だと？」

「そ、…そんな、そのようなつもりは決して…っ…」

　護衛の背中に隠れたまま、和皓はがくがくと首を振る。孫娘を助け、老中の恩人となって汚名を返上するつもりだったのに、逆に怒りを買ってしまっては、隆義と麗皓を見返すどころか今度こそ見捨てられてしまうかもしれない。

「…かず…、ひろ、…さま…」

上体を起こしながら、純皓はかすれた囁きを吐き出した。びくりと反応したのは和皓と護衛たちだけだ。主殿頭にも家臣にも、もちろん光彬にも純皓の声は聞こえていない。そういうことになっている。

「ねえ…、…何故…？」

「…ひ、…ひっ、ひぃっ…」

「神官よ、聞いているのか？」

主殿頭は打ち合わせ通りに和皓を追い詰める。すぐ近くで枕も上がらなかったはずの『孫娘』がぶつぶつと呟きながら手をさまよわせているのに、まるで気付いた様子も無い。和皓の目にはさぞや奇妙に、そして恐ろしく映るだろう。

「ご、ご老中こそ見えないのですか？　その娘は病人などではない…！　自分で起き上がっているではありませぬか！」

「何……？」

主殿頭は純皓を見遣り、処置無し、とばかりに首を振る。

「世迷い言を…。我が孫娘はこれこの通り、眠っておるではないか」

「……な、…っん、…ですと？」

「のう、皆の者。そうであろう？」

主君の問いかけに、家臣たちは揃って頷いた。

純皓の…かつて自分のため犠牲になった女の姿が、自分にしか見えていない。恐ろしい事実を悟り、もはや歯の根が合わない和皓に、純皓はじりじりと膝でにじり寄る。焦点の合わない瞳に狂気を宿し、布団に隠しておいた短刀の鞘を払って。

「何故、なのですか？　何故、私が」

見せ付けるように振りかざされた刃が、廊下から差し込む陽光を弾いてぎらりと光る。

「う、わ、ああ、あっ」

「何故私が、貴方様のために、死ななければならなかったのですか？」

ひたと和皓を見据えたまま、純皓は短刀を勢いよく己の首筋に突き立てた。

ぶしゅ、と吹き出した鮮血があたりに飛び散り、純皓の白い喉や寝間着までも真っ赤に染めていく。普通の人間なら確実に致命傷だろうに、あろうことか純皓はゆらりと立ち上がった。首筋に刺さった短刀を引き抜き、切っ先から血をぼたぼたと垂らしながら。

血の惨劇にも主殿頭と家臣たちは動揺せず、和皓をいぶかしげに見詰めるだけだ。

落ち着いて見れば鮮血はよく出来た血糊であり、短刀は押さえ付ければ刃が引っ込み、鞘に仕込まれた血糊が噴き出る細工を施された小道具だとわかるはずなのだが、今の和皓にも護衛たちにもそんな余裕は無い。見栄も恥も体裁も駆逐され、残るのは恐怖だけ。

「……何故……」

「ひ……、きゃあああああああっ！」

喉が張り裂けんばかりの叫喚をほとばしらせ、和皓は己の頭を抱えた。子どもがいやいやをするように大きく首を振り、早く斬れと護衛の袖を引っ張って催促するが、護衛も異様な空気に呑まれ動けない。

ならばと這いずって逃げようとしても、廊下につながる襖はびくともしない。外側から主殿頭の家臣が押さえているのだ。種を明かせば何ということもない仕掛けばかりだが、そうと知らぬ者は恐怖のどん底に引き込まれる。

「ゆ、…ゆ、……許して、許してくれ…っ…」

どこにも逃げ場は無いと悟ったのか、和皓は這いつくばったまま純皓を拝んだ。

……さあ、ここだ。

光彬はひそかに身構えた。和皓の口から、とうとう語られようとしている。二十数年前の真相が…麗皓の真意を解き明かす鍵が。

「ただの意趣返しのつもりだったのじゃ…、…まろが何度誘いをかけようと、そなたは素っ気無くて…、…でも麗皓だけには時折笑顔を見せていたから…、だから…」

「…………」

純皓は短刀から血糊をしたたらせ、無言で続きを促す。亡き母の真実を最も知りたいのは、間違い無く純皓だろう。椿は何故、和皓の生贄に選ばれたのか。産んだばかりの息子と引き離されたのか。

…胸騒ぎがした。かつて頭をよぎった光景——はらはらと泣く美女と、その細い肩を抱くまだ幼さの残る少年。義理の母親と息子。

あれはただの妄想のはずだ。そうでなければならないのに。

「…だから、佐渡守に脅された時…、まろから取引を持ちかけたのじゃ。事件をもみ消す見返りとして、そなたを…、名高い美女を一夜だけ献上すると…。そ、そうすればまろが助かるばかりか、そなたと思いを交わす麗皓に意趣返しが出来ると、…そう、思って…」

「な…っ…」

「まさか、……まさか、自害するなど思わなかったのじゃ……！」

ほとんど悲鳴のような告白に、純皓は亡霊のふりも忘れて立ち尽くす。

光彬もまた金龍王丸に伸ばしかけた手を止め、ひれ伏す和皓を凝視せずにはいられなかった。

身勝手にもほどがある言い分に呆れたからではない。ようやく気が付いたのだ。鶴松が手に入れてくれた佐渡守の日記には、事件を闇に葬るのと引き換えに椿を慰み者にしたと書いてあったが、佐渡守自身が望んだとは記されていなかったことに。

……佐渡守が椿を望んだのではなく、和皓から提案したのか。

要求されもしないのに、他の代償で許されるかもしれなかったのに、敢えて父親の妾を差し出した。己の保身と、自分より優秀な弟に対する意趣返しのために。

──何故なら、何故なら麗皓と椿は……義理の母と息子であったはずの二人は、光彬の予感通り……。

「……恋仲、だったというのか」

ひくり、と純皓は血糊まみれの喉を震わせた。芝居をする余裕もなくなったらしい。それは相手も同じなのか、和皓は狩衣の肩を大きく上下させる。

「…ち…、父上は気が付いておられなかったが…、まろはすぐに勘付いた…。麗皓を、…あの忌々しい弟を、誰よりもよく見ていたのだから…」

「…っ、神官様、お留まりを。これは罠やもしれませぬ…！」

亡霊にしては様子のおかしい純皓に気付いたのだろう。目付きの鋭い男が和皓を抱え起こそうとするが、和皓は畳にひれ伏したまま動かなかった。…いや、違う。あれは動かないのではなく。

……動けない、のか？

狩衣の広袖から這い出た何かが、畳にへばり付いている。

和皓の腕……、ではない。人間の腕は墨をぶちまけたように黒くはないし、ぶくぶくと水泡が浮かんだりも、鼻につく異臭を放ったりもしない。当然、みるみるうちに何本にも分裂し、ぐねぐねと触手のごとくうごめくはずもないのだ。

「初めて執着した女子を穢してやれば、小生意気な麗皓の鼻を明かしてやれると…、そ、そう思うただけなのじゃ…！　まろは、…まろはぁっ…」

「──純皓っ…！」

ちりっと項に焼けるような感覚が走り、光彬は金龍王丸を鞘ごと摑んで飛び出した。遅れて動き出す家臣たちを視界の隅に捉え、立ち尽くす純皓に体当たりすると、その勢いのまま共に褥に転がる。

狩衣から伸びたどす黒い触手が空気を唸らせ、光彬の袴の裾をかすめていったのはその直後だった。

「ぐわぁっ……！」

ぶんっとしなりながら襲いくる触手に反応出来ず、目付きの鋭い男はしたたかに顔面を打ち付けられる。

吹き飛ばされた男の巻き添えを喰らい、残りの護衛たちも畳に転がった。痛みにうめく彼らに息をつく間も与えず、さらなる触手がしゅるしゅると巻き付く。

「…いかん！」

光彬は素早く身を起こし、金龍王丸を抜き放とうとするが、柄にかけた手を強い力で握り締められた。

「──無駄だ」

純皓が渋面で首を振る。

「ひ……」

「…あ、…あぁっ…」

ごきっ、ごきごきぃっ。

脈打つ触手にきつく締め上げられ、宙吊りにされた護衛たちの身体は不吉な音をたて、すぐに動かなくなった。驚愕を刻んだまま固まった彼らの顔はみるまにどす黒く染まり、ぶつぶつと無数の水泡が盛り上がったかと思えば、どろついた黒い液体をしたたらせながら次々と弾けていく。

「…な…、んと…」

抜刀(ばっとう)した家臣たちに囲まれた主殿頭が、乾いた唇をわななかせた。主殿頭もかつては藩主だった男だから、見覚えがあるのだろう。

…光彬もある。父や異母兄たちは、もっと長い時間をかけてではあるが、あの男たちと全く同じ経緯をたどって死んでいった。黒い血を吐き、褥をのたうち回り、最期(さいご)の瞬間まで苦しみ抜いて。

「……これはまるで、あの流行病(はやりやまい)の再来ではないか……!」

さかのぼること六年ほど前、恵渡(えど)を襲った流行病。光彬の父である先代将軍や次期将軍候補だった異母兄たち、佐渡守をはじめ、高位の武家のみを狙い撃ちした病によって、光彬は決して手が届かないはずだった将軍の位に押し上げられた。あの流行病が無ければ、今頃亡き祖父に倣って修行の旅にでも出ていただろう。

「——邪魔者が消えてすっきりしたであろう？」

「……！」

高くあどけない声が囁いた瞬間、光彬は総毛立ちながらも純皓を振り払い、金龍王丸を抜き放った。この場に一人も居ないはずの子どもの声は、伏せたまま触手をうごめかせる和皓から聞こえてくる。

ぬちょり、と。

腐った汚泥をかき混ぜるような音をたて、和皓はやおら身を起こした。

いや、四方八方に跳ねまわる触手によって起こされたというべきだろうか。真新しかった狩衣の前身頃は溶け、ぽっかり空いた穴から赤黒く変色した肌が覗いている。頭巾の外れた顔だけ綺麗なまま残っているのが、いっそ滑稽だった。こんなざまでは、自力で身体を動かせるわけがない。

「ぐぅう…っ…」

悪夢を煮詰めたかのような醜悪な姿に、たまりかねた家臣が失神した。

咎める者は一人も居ない。誰もが…主君の主殿頭でさえ、同じように気を失ってしまいたいと心から願っただろう。そうしてぐっすりと眠り、目覚めたら全てが夢だったらどんなに嬉しいことか。

だが、紛れもなく現実だ。赤黒く変色した肉体からほとばしる圧倒的な霊気も、そこにひそむ覚えのある気配も、閉ざされたままの和皓の喉が紡(つむ)ぐかん高い子供の笑い声も――全て。

……ならば、まだ体勢の整わぬ今のうちに！

討ち果たすべき敵と邂逅(かいこう)した金龍王丸の胴震(どうぶる)いが、柄にまで伝わってくる。決意をこめて構えた瞬間、刀身に刻み込まれた黄金の龍がまばゆい光を帯びた。

「おおおおお……っ！」

体重を乗せた踏み込みからの、気合いの乗った鋭い一閃(いっせん)が和皓の首に叩き込まれる。

…手応えはあった。確かに仕留めたはずだった。

けれど胴体から切り離された和皓の首は宙を舞い、明らかに不自然な軌道を描きながらごろごろと光彬の足元まで転がってきて。

――にたり、と笑った。

「そろそろ、頃合いではないか？」

ぎ、ぎぎ、と軋(きし)みながら和皓の口が開き、お歯黒の施された歯が剝き出しになる。げぼ、ごふ、と咳(せ)き込み、いったい何を吐き出そうとしているのか。すでに胴体とは切り離されてしまったというのに。

どよめく人間たちをどこか愛おしそうに眺め、神は呼びかける。

「のう？　……麗皓よ」

――常盤主殿頭の邸から一里（約四キロメートル）ほど離れた、佐津間藩邸。

西海道の雄たるに相応しい広大な敷地を誇る邸の中心、ひときわ贅を凝らした母屋の奥に、麗皓は居室を与えられていた。

大名屋敷の奥は恵渡城の大奥と同じく、藩主とその家族のみが居住を許された私的な領域だ。都の高位公家とはいえ志満津家の一族でもない麗皓が住まうなどありえないし、家臣たちも反発したそうだが、隆義は強引にねじ伏せてしまった。最後まで猛反発した正室を幼い子どもたちごと郊外の下屋敷に追い出すという、前代未聞のおまけ付きで。

『どのみち離れにお前を囲えば、毎夜通うことになるのだ。警護の手間を省いてやったのだから、感謝されこそすれ非難されるいわれなど無いわ』

さすがに控えた方がいいのではと忠告した麗皓に、隆義は悪びれもせずに言ってのけた。目的のためなら手段を選ばず、いかなる犠牲も厭わないその強靭で傲慢な心が、麗皓は嫌いではない。どちらかといえば好いていたように思う。さまざまな情やしがらみに縛り付けられた自分には、決して出来ない生き方だから。そうでもなければ十年近くもの長きにわたり、付かず離れず共に過ごすなど不可能だっただろう。

だがそれも、どうやら終わりのようだ。

「往くのか」

音も無く襖が開き、隆義が供も連れずふらりと入ってきた。執務を抜け出してきたのだろうか。この男の動物めいた勘の鋭さには、いつも感心させられる。

「はい。長らくお世話になりました」

麗皓は座ったまま正面に向き直り、深く頭を下げた。背後の文机にはこれまでの厚遇に対する感謝をしたためた書状が書きかけのまま広げられている。

隆義は書状を一瞥し、麗皓の前に膝をついた。おとがいを掬い上げ、強引に眼差しを重ね合わせる。

「永の別れであろうに、最後までつれない男よ。俺がこうして訪れなければ、顔も見せずに去るつもりであったな？」

「もとより利害のみで結び付き、情けを賜ってきた身にございます。約定が果たされようとしている今、左近衛少将様の貴重なお時間を頂戴するのはあまりに畏れ多いことかと」

大名家から輿入れした正室にすら許していない名を、隆義は麗皓に許した。二人きりの時には名で呼ぶのが暗黙の了解となっていたのだが、敢えて他人行儀な呼び方をすることで、契約は終了したのだと暗に告げる。

野望を抱く大藩の主と、復讐を胸に宿す都の公家。異なる世界に生まれた二人の道が交わるのは今日この時までだ。ここから先はそれぞれ違う道を一人で進むことになる。…道がどこまで続いているのかは、わからないけれど。

「卑小なる身ではございますが、左近衛少将様がつつが無く大願を成就させられますよう、陰ながらお祈り申し上げまする」

「………」

普通の人間なら竦み上がってしまいそうな強い眼差しを受け流し、麗皓はまぶたを伏せる。ややあって聞こえてきたのは、忌々しげな舌打ちだった。

「可愛げの無いやつめ。泣いて縋るふりでもすれば一興であったものを」

「私がそのようなものを持ち合わせていないことくらい、左近衛少将様はご存知であられましょう？」

それにもし本当に泣いて縋ったりすれば、隆義はその瞬間麗皓に対する興味を失くし、切り捨てただろう。思い通りにならないものをねじ伏せ、我を通すことに無上の歓びを覚える男なのだ。平和と安定を是とする公家とはあまりに違う。

だがそういう男だからこそ、麗皓を十年近くもかくまい続けるという暴挙に出たのだろう。…そう、暴挙以外の何物でもない。復讐を果たすため、恵渡に…いや、陽ノ本に祟りをなすかもしれない神と手を結んだ男を、その事実を知ってもなお懐に留めるなんて。

――そこにいらっしゃるのは、どなた？

胸の一番深いところに刻まれた記憶。

まだ世界の不条理を知らぬ少年の頃、父が強引に召し上げたという妾をこっそり垣間見（かいまみ）に行った。思えば何に対しても無関心だった自分が興味をそそられた時点で、運命は決まっていたのだろう。

妾が囲われた邸は貴族の別宅と呼ぶのがおこがましいほど狭く、隠れる場所も無かったせいで、麗皓は縁側に出ていた妾にすぐ見付かってしまった。家族でもない男とじかに対面するなど、深窓（しんそう）の姫君なら卒倒（そっとう）しかねないが、椿という名のその妾は物怖（ものお）じもせず、麗皓に微笑みかけたのだ。

――月宮殿（げっきゅうでん）から舞い降りた天女かと思った。白く儚（はかな）い光を纏（まと）い、今にも月に還（かえ）ってしまいそうな。

後にそう告白すれば、椿は目を丸くして笑った。…わたくしも、あの時は光源氏（ひかるげんじ）の君が絵巻物から抜け出してこられたのかと思いました、と。

妾という立場の似合わない、純粋な娘だった。父は流れの遊女を召し上げたのだと言っていたが、実はどこか没落（ぼつらく）した家の姫を人知れずさらってきたのかもしれないと疑うくらいには。

椿は多くを語らなかったので、最後まで確かめようが無かったけれど。

邪（よこしま）な思いは無かった。ただ親子ほど歳の離れた男に囲われ、その正室に執拗な嫌がらせを受ける娘を慰めてやりたかっただけだ。

なのに気が付いたら、麗皓と椿は互いの熱を分かち合うようになっていた。

最初に求めたのはどちらだったのかは覚えていない。きっと椿もそうだろう。麗皓には椿が居て、椿には麗皓が居る。大切なのはそれだけだった。

父の目を盗んでは椿のもとに通い、情を交わした。あの愚鈍な兄がそんな弟に目を留めていたことに気付かないくらいに溺れていた。

そのうち椿は身ごもり、母親そっくりの美しい男児を産み落とした。当たり前のように父の子として認知され、純皓と名付けられたその赤子が誰の子なのか。椿はこの時も語ろうとはしなかった。

――そして訪れた破滅の日。宮中の女官と通じ、こともあろうに西都所司代に尻尾を摑まれた兄の尻拭いのため、椿はその身を捧げさせられることになった。

麗皓は厳しい監視をかいくぐって忍び込み、共に逃げようと椿を誘った。だが椿は頑として頷かなかった。彼女の逃亡を防ぐため、父は非道にも生まれたばかりの純皓を人質に取っていたのだ。

何も出来ないまま椿は兄の秘密を握った西都所司代、小笠原佐渡守の慰み者となり――翌朝、紫藤家の本邸で喉を突いて果てた。和皓の目の前で死んだのは、せめてもの意趣返しだったのだろうか。

あの傲岸不遜な恥知らずもさすがに恐慌をきたしたが、己の罪を悔いることも、椿に対する謝罪を口にすることもとうとう無かった。それどころか時が経つにつれ罪の記憶を頭の奥へ追いやり、紫藤家嫡子のために役立たせてやったのに恨みがましく死んだと椿を詰り、公には男が出来て出奔したと取り繕ったのだ。

麗皓は恨んだ。元凶たる麗皓を、父の右大臣を、佐渡守を、幕府の言いなりになるしかない弱い朝廷を……何より、何も出来なかった情けない自分を。

いっそ椿のもとに逝ってしまおうかとも思った。何度も誘惑にかられ、けれど死に神に身を任せることも出来なかった。

――純皓を、どうかお願いいたします。

椿が麗皓宛に遺した文には、たった一行、そう記されていた。父ではなく麗皓に願ったことが、いつかの問いへの答えなのだと思った。

まともな後ろ盾も無く、生母が男と出奔したことにされてしまった純皓に待ち受けるのは、紫藤家に飼い殺される惨憺たる未来だけだ。男でもあれほど美しければ、母と同じように権力者への供物となることを強いられるかもしれない。

だから麗皓は紫藤家に留まり、父に怪しまれぬよう距離を取った上で純皓の成長を見守った。曲がりなりにも公家に生まれた者として必要な知識や教養を与え、未だに椿を恨む母親からそれとなく守り続けた。

だが純皓が椿そっくりに成長していくにつれ、罪悪感に押し潰されそうになり…麗皓は西の都から出奔した。あのまま純皓の傍に留まっていたら、純皓を道連れにして椿のもとへ旅立ってしまいそうだったのだ。

そうしてあてどもない流浪の果てに出逢ったのが志満津隆義だった。

当時の隆義は藩主の座についたばかり。正室腹の唯一の男子でこそあったが、その苛烈な気性と野心を父親に疎まれ、寵愛深い側室の産んだ異母弟に家督を奪われるのではないかと囁かれていた。だがある日異母弟とその生母、父親までが相次いで急死したことで、若くして藩主となったのだ。

三人の死は隆義の陰謀に違いないと誰もが噂し、少なからぬ家臣が藩を離れていったらしい。しかし隆義は吹き荒れる逆風など意にも介さず、むしろ心地よさげに目を細め、さらなる高みを目指していた。大藩の主となった者が望む高み。それは西海道はおろか、陽ノ本にすら収まりきらない。

——周囲を巻き込み、焼き焦がすほどのその野心。その胆力に、麗皓は確信した。隆義を利用すれば、諦めかけていた宿願を果たせると。

代償に身体を要求されたのはさすがに予想外だったが、空っぽの我が身一つで佐津間藩主の庇護と協力を得られるのならば安いものだ。求められるがまま閨に侍り、偽りの睦言を囁くのと同じ唇で政に関する助言もした。

黒を白に見せかけるのは公家の御家芸だ。いざという時言い逃れられるよう饒肥藩のような小藩を隠れ蓑に仕立て、かどわかしてきた人々を陽ノ本のみならず海の外まで売り飛ばす。代金の代わりに異国の美術品や貴重な薬種などと交換し、闇商人と取引することで足が付くのを防ぐ。

密輸で荒稼ぎした金子は佐津間藩を潤した。その陰で数え切れぬほどの民が犠牲になったことはわかっていたが、彼らの嘆きも怨嗟も麗皓を止められなかった。

思いがけない事件が起きたのは、藩を富み栄えさせた隆義にもはや誰も逆らえなくなった頃だ。奇妙な流行病が恵渡を襲ったのである。当時の将軍やその跡継ぎ候補たちをはじめ、高位の武家ばかりが次々と命を落とした。そして死者の中には、麗皓の標的の一人――小笠原佐渡守も含まれていたのだ。

…麗皓が手を下す前に、病に命を奪われてしまうとは。

口惜しかったが、愉快でもあった。隆義によればかの病に罹った者は全身の肌がどす黒くなるまで爛れ、息を引き取る瞬間まで苦しみ抜いて死んだという。数十年前に疱瘡が流行った際は病を神に見立て、恵渡のあちこちで祀っては治癒と終息を祈ったそうだが、まさしく人間には不可能な神の御業だ。

――そなた、何故喜ぶ？

一人嗤う麗皓のもとに現れたのが、幼子の姿を取った神…玉兎だった。

この流行病を引き起こしたのは、他でもない玉兎だという。否定する気にはなれなかった。空気から溶け出るように現れた挙句、麗皓の部屋を警護する腕利きの藩士たちにまるで気配を悟らせないなど、神でもなければありえないだろう。

玉兎は病をばら撒いたことで力のほとんどを使い果たしてしまい、しばしの眠りにつこうとしたのだが、その前におかしな気配を感じ、麗皓のもとまでやって来たのだそうだ。死は嘆きしかもたらさない。恵渡は今、大切な人を失った者たちの悲哀に包まれているのに、麗皓だけは心の底から喜んでいる。幼き神にはそれが不可解だったらしい。

――私の仇の一人が、苦しみ抜いた末に死んだからです。言うなれば貴方様は、我が恩人でいらっしゃいます。

かしこまって答えれば、玉兎は大きな瞳をぱちくりとし、おもむろに麗皓の額に触れた。激痛と共に頭の中を巡る光景…短かった幸せな暮らし、無惨な椿の骸、仇たちの存在。記憶を読まれたのだと理解したのは、玉兎に覗き込まれた後だった。

――そなたの宿願は未だ成就しておらぬのだな。…ならばそなた、私の寝床となるがいい。

――寝床…、でございますか？

――私はしばらく眠った後、願いを叶えるために動き出す。その時、もし私に協力するのなら、そなたの宿願も果たせるよう力を貸してやろうぞ。

神の助力を得られるのだ。断るという選択肢など無かった。長年の願いを叶えるため己の存在さえも賭ける神は麗皓自身に重なり、不思議な共感を覚えたせいもある。

そして玉兎は麗皓の中で長い眠りにつき、ようやく目を覚ますと、約束通り力添えをしてくれた。おかげで仇は罠にかかり、あとは仕上げるだけ。

「玉兎様がお待ちです。そろそろ行かなければ」

追憶を追いやり、麗皓は隆義の手をそっと解いた。立ち上がろうとした瞬間、手首をきつく摑まれ、強い力で引き寄せられる。

唇が重なったのは、つかの間。

「――――」

耳に吹き込まれた囁きに、麗皓は苦笑した。ありえないと思ったのだ。

隆義は麗皓とは違う。何があろうと生き残り、そのためなら自分以外の全てを蹂躙し、屍に埋め尽くされた荒野で一人哄笑するような男だ。この男も冗談など口にするのか。

「そろそろ、頃合いではないか？」

ここには居ない神の声が、頭の中に直接届く。

「いつなりと。……玉兎様」

己が演技ではないやわらかな笑みを浮かべていることに気付かぬまま、麗皓は玉兎の瞳と同じ金色の光に包まれた。

「アッ、あ、アあ、アア――――ンッ！」

獣の咆哮とも赤子の泣き声ともつかぬ叫びと共に、顎の外れた和皓の口から何かが吐き出された。へどろのような黒い塊は強烈な悪臭をまき散らしながら、立ちすくむ主殿頭目がけて飛んでいく。

「…大殿っ！」

家臣の一人が主殿頭を庇って飛び出した。

ぶるりと金龍王丸が震える。あれは絶対、人が触れてはならないモノだ。光彬は家臣の前に素早く割り込み、金龍王丸で黒い塊を斬り裂く。

じゅううううう……っ！

熱した鉄板に水をぶちまけたかのように、黒い塊は煙と化して霧散した。

だが、安心は出来ない。息をつく間も無く、二つ目、三つ目の塊が首だけとなった和皓の口から発射される。

そして首を失ったはずの胴体はあちらこちらにたわんではしなる触手に吊られるように起き上がり、のろのろと歩き出した。黒い塊を吐き続ける、己の首を目指して。

「ば…っ…、化け物だ！」

「大殿をお守りせよ！　絶対に近付けるな！」

怖気を震いつつも、家臣たちは抜刀したまま主殿頭の傍を離れなかった。和皓には…和皓に宿る玉兎には、普通の武器は通用しない。決して自ら仕掛けたりするなという光彬の事前の忠告を守っているのだ。

彼らの役割はあくまで和皓の真実を暴き、主殿頭の身の安全を守ること。ならば、光彬の役割は――。

「……純皓！」

肌の下で、血が沸々と滾っていく。光彬は和皓に向かって走り出し、振り返りもせずに叫んだ。

「わかっている！」

純皓はさっと腰紐を解き、絹の寝間着を脱ぎ捨てた。間髪をいれずに躍動する長身は黒装束を纏い、細長い筒を握っている。その姿は座敷から廊下、そして庭へと飛ぶように移動してゆき、みるみるまに見えなくなった。

全ての段取りはすでに整えてある。ならば光彬がすべきは、長年の因縁にここで決着をつけることだけだ。

……もうこれ以上、誰も犠牲にはさせぬ！

黒い塊を宙で切り裂きながら、光彬は鋭く命じる。

「主殿頭、皆と共に奥へ！」

「――ははっ！」

主殿頭は一瞬だけ口惜しそうな表情を浮かべたが、すぐに従った。自分がここに居ても光彬の助けにはなれないとわかっているのだろう。主殿頭に促された家臣たちも、主殿頭を壁のように囲んだままじりじりと後退していく。

「……あっ……」

背後を警戒していた若い家臣が、畳の縁に足を取られてよろめいた。

その背中をとっさに支えてやったのは、すぐ近くに居た家臣——ではない。和皓の胴体から伸びた、赤黒い触手だ。

「うわあああああっ……」

みるまに天井まで吊り上げられた家臣が絶望の悲鳴を上げる。

ぐにょぐにょとうねる触手は、十尺（約三メートル）はあろうか。まさかそこまで伸びるとは思わなかった自分を、光彬は恥じた。相手は人ならざるモノだ。人の常識に収まるわけがないだろうに。

「……、くそっ！」

黒い塊を斬り、返す刀を触手に向ける。

だが光彬が半身になった瞬間、和皓の首はさっきまでとは比べ物にならない速さで塊を吐き出した。触手に拘束された家臣を狙って。

……間に合わない！

「ひ、……あ、……ああ……」

塊は家臣に命中し、身動きの取れない家臣の全身が黒いへどろにまみれた。開いたままの口からこぼれた、うわ言めいた呻き。それが最期の言葉になるなんて、誰も…本人も思わなかっただろう。

…ぼた、ぼたり。

家臣の身体を伝い落ちたへどろには、赤黒い肉片が混じっていた。

触手に吊り上げられていた身体がぐずぐずと輪郭を崩し、熟れた果実が枝から落ちるように、胴体だけがべちょりと床に腐り落ちる。

「キッ、キッ、キキキキキエエエッ！」

和皓の首が歓喜の雄叫びを上げるのに合わせ、直立する胴体はぱんぱんと愉快そうに掌を打ち鳴らした。

背筋が凍り付きそうになる悪寒を堪え、光彬は愕然とする主殿頭たちに命じる。

「早く、奥へ！」

可哀想だが、朋輩の死を悼むのは後回しにしてもらうしかない。はっとした主殿頭たちが今度こそ奥へ逃げ込むと、光彬はまだ笑いながらごろごろ転がる和皓の首を踏み付けた。首も胴もどちらも危険だが、より厄介なのはへどろを吐く首の方だ。

……おそらくあの黒い塊は、かつて父上や異母兄上たちの命を奪ったのと同じ流行病の結晶だ。

新番組の番士たちを腑分けした御庭番から聞いたことがある。祖父彦十郎が若かりし頃に流行った疱瘡は、一人患者が出るとその家族や周囲の人間たちも瞬く間に感染し、長屋が一棟丸ごと全滅するのも珍しくなかったそうだ。

疱瘡は病人の呼気や咳、体液に悪しきものが含まれており、看病などでそれらに触れてしまった者の身体にも悪しきものが入り込み、発症させてしまうのではないか。御庭番はそう推測していた。

その推測が正しければ、父や兄たちを死に至らしめたあの病は、正確には流行病ではないのだ。当時の将軍や世継ぎには数多の医師や世話役が付きっ切りで看病に当たっていたが、彼らは一人として感染しなかったのだから。一族が軒並み病死したという他の高位武家でも、当主やその子弟と血縁の無い家臣たちは無事だったはずだ。

父が危篤に陥った際、光彬は恵渡城に呼び出され、最期の親子の対面を果たした。後は頼むと消え入りそうな声で懇願する父の赤黒く爛れた手を握り締め、溢れそうな嗚咽を堪え、どうかお任せ下さいと誓いを立てた。

なのに光彬も、付いて来てくれた門脇も病には罹らなかった。死んだのは当時の将軍だった父と異母兄…光彬よりも高い将軍位の継承権を持つ者と、彼らを支持する高位武家の一族だけ。光彬よりずっと幼いがゆえ、将軍位を望めなかった鶴松は生き残った。

――新しき上様はまこと御運がお強い。まるで天が障害を全て取り除いて下さったかのようではないか。

思いがけず将軍となったばかりの頃、光彬の周囲ではそんな言葉が囁かれた。何と不敬な、天がそのような贔屓などするものかと門脇は憤っていたが…。

「…お前、だったのだな」

ぐりりと踏みにじっても、和皓の首は苦悶の呻きを漏らすだけだ。さっきのように流暢にさえずることは無い。

だが光彬にはわかっていた。玉兎はここに居る。うきうきと楽しそうに、光彬の言葉を聞いていると。

「父上と異母兄上たちを…、佐渡守や他の有力武家たちを、……殺したのは」

断じて天の定めた運命などではなかった。玉兎という神が光彬を…彦十郎の血を引く孫を将軍位に就けるため、病を操るその力を振るった――明確な意図をもって行われた、殺戮だったのだ。

…ボンッ、ボボンッ！

遠くの空で花火のような音が弾ける。純皓はどうやら上手くやってくれたようだ。光彬は金龍王丸を逆手に持ち替え、振り上げた。

「何故、お前がそこまでして俺の…いや、お祖父様の血筋にこだわるのかはわからん。だが、これで終いだ。もはやお前に逃げ道は無い」

さっきの音は、純皓が邸の屋根から打ち上げた発煙筒だ。邸周辺や恵渡の要所は町奉行所と町火消の面々が警戒し、八虹や御庭番の配下たちも監視に当たっている。恵渡城では光彬の密命を受けた大目付、松波備中守がいつでも配下を率いて出陣出来るよう、準備を整えてくれているはずだ。発煙筒の煙は、標的が出現したと彼らに報せる合図である。

「どこへ行こうと逃さん。——その野望ごと、俺がここで討ち果たす」

黄金の光を帯びた刃を、光彬は勢い良く振り下ろす。この至近距離だ。外しようがないはずだった。背後から何かが飛来する気配を察知しなければ。

——危のうございまする、ご主君！

鬼讐丸とは反対に寡黙な金龍王丸が、今日初めての警告を発する。それだけで尋常な事態ではなかった。

「くっ……！」

光彬がとっさに真横へ跳びのくと同時に、光彬の背中を捉えそこなった何かがすさまじい速さで通り過ぎていく。

床の間の柱に突き刺さったそれは、細長い刀子だった。飴色に磨き込まれた柱は刀子の刺さった部分から黒く染まり、もろもろと崩れていく。

……もしあれを喰らっていたら、俺も今頃……。

冷たい汗が背筋を伝い落ちる。

金龍王丸を構え直しながら振り返り、光彬は目を見開いた。異臭の立ち込める中、まるで水際に舞い降りた白鷺のように佇む男は――。

「……紫藤、麗皓……」

無言で狩衣の袖をひるがえし、優雅に頭を下げると、麗皓は先ほどまで光彬に踏みつけられていた和皓の首に呼びかける。

「お遊びはそこまでにしたらいかがですか？　……玉兎様」

応えを返すように転がり、あお向けになった首を、ようやくたどり着いた胴体が大事そうに持ち上げ、胸元に抱えた。

にたりとお歯黒を剝き出しにして笑う顔は確かに和皓のものなのに、何かが確実に違う。無邪気で残酷で執念深い神…。

「遅かったではないか、麗皓よ。待ちくたびれたぞ」

和皓の口があどけない声を紡ぐと、金龍王丸から強い震えが伝わってきた。今までとは明らかに違う。討つべき敵を前に奮い立っているのではない。柄越しに流れ込んでくるのは……恐怖……？

「申し訳ございませぬ。貴方様と違い、卑しき人の身はさまざまなしがらみに縛られておりますゆえ」

「人などとうにやめてしまったであろうに、ぬけぬけとよく申すものよ」

親しく言葉を交わす二人は、声だけを聞けば旧知の友人のようでもあった。

それぞれの肉体は両親を同じくする兄と弟。誰よりも近しいはずの存在は、今や果てしなく遠い。

「…人をやめたとは、どういうことなのだ」

ともすれば金龍王丸の震えに呑み込まれてしまいそうになるのを堪え、光彬は踏み締める足に力を込めた。項(うなじ)がちりちりと疼(うず)きっぱなしになるなんて、初めて鍛錬で真剣を構えた祖父と対峙(たいじ)して以来だ。

「この者はの。我が寝床であったのよ」

はぐらかされるかと思いきや、和皓の首は――玉兎はあっさりと明かした。首と泣き別れになった胴体を誇らしげに反(そ)らす姿は、悪戯(いたずら)の種明かしをする子どものようでもある。

「…寝床…？」

「六年前、私は恵渡(えど)に病をばら撒(ま)いて力のほとんどを使い果たした。しばらく眠らなければならなかったのじゃが…」

「その前に私を見出し、私の中で眠りについて下さったのです。我が身に余る光栄でございました」

続きを引き取った麗皓が優美に微笑んだことで、謎は解けた。解けてしまった。

何の前触れも無く、突然現れた麗皓。武術の心得など無いはずの麗皓が狙い過(あやま)たずに投擲(とうてき)した刀子。腐った柱。ありえないはずの現象の全てに説明がつく。六年もの間玉兎を宿し続けたことで、麗皓の肉体が玉兎の力に染まったのだとすれば。…人ではないモノに、成り果ててしまったのだとすれば。

——そこまでして、椿の仇を討とうとしたか。

嫌悪よりも驚愕よりも先に納得してしまった。半分だけとはいえ、この男にはやはり純皓と同じ血が流れているのだ。

もし純皓が光彬を利用された挙句失ってしまったら、夫を苦しめた者全てにこれ以上無いほどの苦痛を味わわせてから殺そうとするだろう。そのために必要であれば、神にでも鬼にでも魂を売り渡すだろう。己が人でなくなることなんて、歯牙にもかけずに。

和皓は椿の亡霊に怯え抜いた末に異形の化け物となり、死してなお亡骸を神に辱められている。由緒正しい血筋と家門が何よりの誇りであった和皓にとって、これに勝る恥辱はあるまい。きっと今頃、泉下で無念を嚙み締めて…。

……本当にそうか?

ふいに小さな疑問が芽生える。

……麗皓は、この程度で本当に満足するような男なのか?

和皓の首は胴と分かたれた。斬ったのは他ならぬ光彬だ。生きているわけがない。…普通の人間なら。

だが――。

「…和皓も、麗皓と同じなのか？」

口に出した瞬間、疑問は確信に変わった。和皓の首が…玉兎がぱちりとまばたきをし、嬉しそうに笑ったせいで。

「さすが彦十郎の孫じゃ。賢いだけではなく鋭いのう」

和皓の狩衣の袖から伸びる何本もの触手。そのうち最も太い一本がひゅんっと勢いよく空を切った。みるまに鋭利な槍のように変化した切っ先は、平然と佇んだままの麗皓を紙一重で避け、和皓自身の胸を貫通する。

「――ひぎゃあああああっ！」

好奇心旺盛な童のようだった和皓の首から一切の表情が抜け落ちるや、苦悶の叫びがとどろいた。

「痛い、痛い痛いいだいいいいいいいいっ！」

「そうじゃ、この男は死んではいない。わずかな期間とはいえ、この男もまた私の寝床であったがゆえな」

「た、た、助けて…、…もう、もう死なせてぐれえええええっ…」

「ただし宿らせていたのはあくまで私の一部。本人の資質も弟には遠く及ばぬゆえこのように醜い化け物になった挙句、役割を果たすまで絶対に死ねない程度の力しか得られなかったようじゃが…まあ、苦しみを可能な限り引き延ばすという麗皓の願いは叶えてやれる」

和皓の首が激痛に歪めば、男の野太い絶叫。得意気に笑えば、高く澄んだ童の声。めまぐるしく入れ替わる表情と声に軽い怖気を覚えるだけで済んだのは、金龍王丸の加護のおかげだろう。まともな人間なら生理的な嫌悪と恐怖で動けなくなっていたに違いない。

――こんっ。

だから頭上からかすかな音が聞こえた時、光彬は即座に行動に移ることが出来た。金龍王丸を鞘に収め、素早い踏み込みから一気に麗皓との距離を詰める。

手強い玉兎より先に麗皓を抜き打ちで仕留めることを選んだ――狙い通り、二人はそう誤解してくれたようだ。麗皓は狩衣の袖に仕込んであったらしい小柄を構えた。鋼の刀身は、みるみるうちにどす黒く染まっていく。

……頼む、金龍王丸！

諾の返事の代わりに、抜き放ちざま金龍王丸は刀身からまばゆい黄金の光を放った。

目を焼くほど強烈な光に、玉兎や麗皓は平気でも和皓は耐えられない。光彬の読みは当たったようだ。輝きの瞬間、ちょうど和皓自身と入れ替わり、ひいひいと悲鳴を上げていた首はきつくまぶたを閉ざす。

刹那の隙を待ち構えていたのは、光彬ではない。

「何っ……」

珍しく驚きを露わにした麗皓の真上から落ちてきた純皓だ。

発煙筒を打ち上げた後は天井裏にじっとひそみ、反撃の好機を狙っていた。小太刀を握り締め、光彬との打ち合わせ通りに。

「お前は――」

足音もたてずに着地する寸前、純皓と麗皓の視線が重なり合う。

天井越しに全てを見ていた純皓の心には、光彬と同じ疑惑が渦巻いているのかもしれない。

自分が生まれる前から愛し合っていた母と異母兄。その後に生まれた自分。

ならばもしや、兄は兄ではなく……弟もまた弟ではなく……。

「――間違ったんだ」

…ざんっ！

疑惑ごと断ち切るかのように、純皓は小太刀を横薙ぎに振り抜いた。光彬に気を取られていた麗皓は、避けることも防御も出来ない。鋭い刃は麗皓の胴に吸い込まれ、狩衣と無防備な腹を容赦無く切り裂く。

断末魔は上がらなかった。噴き出た血飛沫は和皓の首や胴体、畳にまで飛び散り、あたりを真っ赤に染めていく。

「……ふ、ふ」

光彬の耳を、かすかな笑い声がくすぐった。

我が意を得たりとばかりのそれが玉兎の漏らしたものだと気付いた瞬間、光彬は素早く純皓の前に回り込み、今にもくずおれそうな麗皓に強烈な蹴りを叩き込む。光彬の予感が正しければ、麗皓はただなすすべもなく斬られたのではない。

「…光彬⁉」

「ははっ、あはは、あははははっ！　麗皓の狙いを見抜いたか！」

驚愕する純皓を一瞥し、玉兎は笑う。

懐かしそうに、嬉しそうに、楽しそうに。およそこの狂った光景には相応しくない感情ばかりを弾けさせて。何本もの触手で、畳や天井や壁をばちんばちんと拍手のように叩きながら。

「良い、良い！　それでこそ彦十郎の孫じゃ。そこの男になどもったいない！」

「……」

「惜しいのう、惜しいのう。私は鋭い者が好きじゃ。せめてこれが今少しまともな器であれば、子を成せぬまでもまぐわってみたものを！」

はしゃぎ回る玉兎に付着していた血飛沫がしゅうしゅうと蒸発し、紅い煙と化して蛇のように絡み付く。畳を汚した血までもが加わり、瞬く間に成長したそれは玉兎の全身を覆った。

ぶわり、と全身の肌が粟立つ。かつて祖父と…今の自分では決して勝てない絶対的な強者と刃を交えた時と同じ感覚に、勝手に手が震えだす。…やはり予感は正しかった。麗皓は穢れた血で玉兎に力を与えるため、わざと斬られたのだ。

「あれは、……まさか！」

息を呑んだ純皓が、黒装束に仕込んでいた刀子を三本同時に投げ放った。だが紅い大蛇は常人なら一撃で仕留められるはずのそれらをいずれも弾き返し、玉兎に吸い込まれていく。

「……ああ、……ああ……」

恍惚とも、苦痛ともつかない呻きを漏らした首が己を抱える掌から浮き上がる。

そこから先は、まるでよく出来た芝居でも観ているかのようだった。

金龍王丸に斬られた断面にすとんと収まるや、紅いつなぎ目はすぐさまなめらかな皮膚に覆われ、一度首を落とされたとは思えぬほど綺麗に修復される。破けた狩衣からさらされていた傷だらけの胴体も瞬きの間に治癒し、傷があったことすらわからなくなる。どす黒かった肌が健康的な色と瑞々しさを取り戻す。

だが劇的な変化も、ささいなものだった。時を逆さまにするかのごとく、若返っていく顔面に比べたら。

「ふう……」

「い、いだだだだいっ！」

心地よさげな溜め息と苦痛の悲鳴を同時に漏らした青年の肉体は、どう見てもかつての和皓ではなかった。

異母弟のどちらにも似ていないが、不思議な気品と色香を漂わせる美しい男だ。歳は麗皓よりも若く、純皓とさほど変わらないだろう。だが和皓が実際にこの年代だった頃、今のような姿であったかどうか。肌を痺れさせるほどの存在感、息が詰まるほどの重苦しい空気は人間の放つものではない。

「誉めて取らすぞ、麗皓よ。これで準備は整った。少々足りぬが、まあ良かろう。……そなたは少し黙っておれ」

青年の姿とは不釣り合いな幼い声が誉め、そして叱った。すると悲鳴は止まり、光彬に壁際まで蹴り飛ばされていた麗皓の骸がむくりと身を起こす。

……いや、骸ではない。

「——些少なりともお役に立てて光栄にございます、玉兎様。兄の無礼、代わってお詫びを」

骸はこんな流暢に喋りはしない。優雅に礼など出来ない。腹の傷口から鮮血をどくどくと流したまま。

「構わぬ。そなたの献身に比べればこの程度、何ということはない。和皓には最期まで生き地獄を味わわせてやるゆえ、心置き無く散るが良い」

高らかに笑い、青年は——玉兎は跳躍した。

「——待てっ！」

ぼろぼろの狩衣を纏った長身が中庭へ飛んでいくのを見て、光彬は慌てて追いかける。いったい何が起きているのか、考えるのは後回しだ。今ここで玉兎をどうにかしなければ、取り返

しのつかない事態に陥ってしまう。

　だが縁側から飛び降りようとした瞬間、ひゅっと空気が悲鳴を上げた。金龍王丸を握った手が勝手に動き、それを——切っ先まで黒く染まった刀子を弾き落とす。

「申し訳ございませんが、上様。……貴方様を行かせるわけには参りませぬ」

　右手に刀子を握ったまま、麗皓が座敷の真ん中で微笑んでいた。切り裂かれた腹は血を流し続け、白皙の面からは血の気がすっかり失せ、まるきり死人のそれなのに、どうして生きて動いていられるのか。

　どうしてその左手は狩衣の袖がはち切れるほど膨らみ、赤黒く変色し、純皓の首を摑んで軽々と吊り上げているのか。

「う、……ぐっ……」

「純皓……っ！」

　蒼白になった純皓が苦しげに呻いた瞬間、思考は彼方へ消し飛んだ。

　——駄目だ、来るな。

　わななく唇が声にならない声で警告する。二人の兄弟を放置し、玉兎を追うのが将軍としては最善の選択だとわかっていた。捕らえられたのが主殿頭や他の家臣なら、身を切られるような思いを噛み締めつつもそうしただろう。

　だが、純皓は。

「……お前だけは、失えん……！」

金龍王丸を構えながら、光彬は異形と化した麗皓に突進する。

兄弟の反応は正反対だった。純皓は口惜しそうに顔をゆがめ、麗皓は笑みを深める。光彬が決して純皓を見捨てないとわかっていたのだ。

……そして、おそらくは……。

「金龍王丸！」

主君の命に応え、刀身に刻まれた黄金の龍が輝く。光を帯びた刃は麗皓の異形の腕を肩の付け根からたやすく切断した。

勢いを殺しきれない腕はそのまま壁に叩き付けられるが、純皓はすかさず首に食い込んだ指を解き、脱出を果たす。

「……何故、こんな真似をした……！」

光彬と素早く背中合わせになると、純皓は少しかすれた声で詰(なじ)ってきた。かすかな殺気を感じるのは、気のせいではないだろう。光彬ではなく、純皓自身に対して。どこまでも献身的な妻は、光彬の身を脅(おびや)かすのならば己自身さえ殺しかねない。

「仕方あるまい。身体が勝手に動いたのだから」

「…っ…、お前は…」

さらに反論しかけ、純皓は口をつぐんだ。納得したわけではない。目の前でくり広げられる信じがたい光景のせいだ。

「――我が弟は、本当に良き伴侶と巡り会えたようですね。その間に割って入ろうとする者など、お若い上様には邪魔者としか思えないのでしょうが…」

穏やかに微笑んだままの麗皓の、左肩。赤黒い断面をさらすそこの肉がぼこりと盛り上がり、あっという間に斬り落とされたのと同じ異形の腕を復元していく。

「こう考えては頂けませんか。桐姫は上様の血肉を宿すための、単なる肉の器。器に種を授けたとて、御台所様を裏切ったことにはならない……と」

「…麗皓…」

「めでたく男子がご誕生あそばされたあかつきには姫を外に出すか、何なら処分してしまえばよろしいでしょう。御子さえ生まれれば、左近衛少将様も姫の生死など…」

「……やめろ、麗皓っ！」

光彬は吠え、金龍王丸の切っ先を麗皓に向けた。これ以上麗皓に好き勝手にさえずらせ、純皓を苦しませるのは断じて許せない。

それに…。

「今すぐ刀を捨て、降伏せよ。さもなくばお前は…」

「ええ。あと四半刻ももたないでしょうね」

あっさり肯定した麗皓に、背後で純皓が息を呑む。致命傷を負っても絶命せず、異形と化して動き回っているくらいだ。そう簡単に死ぬはずがないと思い込んでいたのだろうが、光彬は違う。金龍王丸が教えてくれる。

「長年にわたり玉兎の寝床だったお前の肉体には強い負荷がかかり、臓腑という臓腑がぼろぼろに傷んでいる。玉兎が中に居る間は玉兎の力で補い、玉兎の目覚めた今は肉体に蓄積された神の力でどうにか回しているのだろうが…それが尽きた時、お前に待つのは死だ」

「あ……っ！」

聡い純皓にもわかったのだろう。

玉兎の寝床を務めたせいで麗皓は異形に成り果ててしまったのに、今の麗皓を生かしているのは皮肉にも玉兎の力の残滓なのだ。腹を斬られて死なないのも、腕を復元させたのも玉兎の力。ただでさえ残り少ない力をそうやって浪費し続けることは、そのまま命を縮めることを意味するのだと。

「全てお見通しとは、さすが上様でいらっしゃる。ならば私が今さら退けないことも、おわかり下さるでしょう？」

復元された腕の感覚を確かめるように、麗皓は何度も手を開いては握る。左腕と血に染まった腹部以外はいつもと変わらないからこそ不気味で、悪夢めいていた。今の麗皓を亡き郁姫が見たら、どう思うだろうか。

「……もう、じゅうぶんではないのか」

無駄だと悟りつつも、光彬は問いかけずにはいられなかった。一刻も早く玉兎を追いたいのはもちろんだが、それだけではない。もしも――もしもこの男が真実、純皓の……なのだとすれば、純皓は……。

「佐渡守はあの流行病で死んだ。今回の一件が公になれば、お前の父、右大臣も失脚は免れないだろう。和皓は玉兎の器にされ、今も苦しみ続けている。…もう、お前の復讐はじゅうぶんに果たされたではないか。これ以上、玉兎に協力する必要などあるまい」

切っ先をまっすぐに保ったまま訴える光彬の背後で、純皓は沈黙を守っている。八虹の長として自制に長けた妻はこんな時ですら感情を完璧に隠しているが、光彬にはわかった。傷を負ったその心に渦巻く葛藤が。

……だから、頼む。もうこれ以上、俺たちの前に立ちはだからないでくれ……！

あくまで邪魔をするというのなら、再び斬らなければならない。だがその時はきっと…。

「――まだ足りぬのですよ、上様」

祈りにも似た光彬の思いは、麗皓には届かなかった。

「あの程度ではまだ足りない。すでに泉下に在る佐渡守と都においでの父上の分まで、兄上には苦しみ抜いて頂かなければなりません」

「…玉兎の器にされる以上の苦痛が、あるというのか」

若返った肉体の中で、和皓は苦痛に叫んでいた。時間の摂理に逆らうことは、神たる玉兎と異なり、人間の和皓にはたとえようの無い激痛をもたらすのだろう。鬱陶しそうにしつつも玉兎が和皓を生かしたままでいるのは、最期の瞬間まで塗炭の苦しみを味わわせ続けるためだ。

それが己の寝床になってくれた、麗皓の願いだから。

「上様の御名を知らぬ民は居りますまい。…されど紫藤和皓の名を知る者が、陽ノ本にどれほど居ると思われますか?」

「……、それは……」

「宮中と一族の人間を除けば、お情けで兵部卿の地位を与えられた能無し公卿の存在など知る者は皆無でしょう。…私は陽ノ本じゅうに知らしめたいのです。紫藤和皓という男がどれほど醜悪で、どれほど罪深い男なのか…未来永劫消えぬ汚名と共に」

――ドオンッ！

麗皓の言葉が途切れるのを見計らったように、轟音がとどろいた。とっさに手で守った耳をつんざきそうなそれは二度、三度と続き、びりびりと大気を振動させる。

「雷……、なのか?」

純皓が呆然と呟くのも無理は無い。轟音と共に光を炸裂させ、縁側の外を白く染め上げるのは確かに稲妻だ。だが空は青く澄み渡り、雨雲一つ見当たらない。ならばいったい何が雷を生み出しているのか。

「あははは…、あはは、はははは っ！」

答えは、遥か上空から響き渡る楽しげな笑い声だった。


同日同刻。

光彬の命を受け、恵渡各地の要所に散っていた者たちもまた、それぞれの場所で異常な現象に遭遇していた。


陸海における恵渡の玄関口、科川宿（しながわしゅく）の本陣（ほんじん）（大名や幕府の役人が宿泊する公的な宿）にて。

晴天から突然の雷が落ちた瞬間、長屋門の前で武装済みの配下を整列させていた南町奉行（みなみまちぶぎょう）・小谷掃部頭祐正（こたにかもんのかみすけただ）は大声で命じた。

「皆の者、しゃがめ！」

雷が高木や火の見やぐらなど、高い場所に落ちやすいことは広く知られているが、とっさに動ける者は少ない。呆然と空を見上げていた与力（よりき）や配下の同心（どうしん）たちは奉行の一喝（いっかつ）でようやく我に返り、その場で身を低くする。

「長屋門からはなるべく距離を取れ！　高い木には絶対に近付くな！」

「馬の手綱（たづな）は絶対に離さないで！　十手（じって）や脇差（わきざし）は外して離れたところに置いて下さい！」

立ったままの祐正の両横で、同じく立ったまま注意を飛ばすのは陽炎と蛍――恵渡の闇にひそむ闇組織の一つ『紅鞘』の長と、その幼い側近だ。

かつて陽炎は祖先から受け継いだ妖刀の呪いに取り憑かれ、短い命を散らす定めだったが、妖刀は将軍光彬がそうとは知らぬまま浄化していた。その妖刀こそ光彬の亡き祖父彦十郎の形見であり、今は光彬の守護聖刀となった鬼讐丸である。

結果的に命を救われた陽炎は心を入れ替え、『紅鞘』ごと光彬に忠誠を誓った。そして恵渡の安寧のために働き始めた…はずだったのに、何故か陽炎は祐正の役宅に住み込み、甲斐甲斐しく世話を焼き始めたのである。

『貴方に惚れました。見返りは何も要らないので傍に置いて下さい』

頬を赤く染めてそう告白された時は、性質の悪い冗談だと思った。

だって祐正は、惚れられるようなことは何もしていない。ただ凄惨な事件に巻き込まれ、身も心も傷付いた陽炎たちに温かい風呂と食事を振る舞い、医者に診せ、何も聞かずゆっくりと休ませただけ。心身が回復し、何か話したそうにしていれば、執務の合間を縫って聞いてやっただけだ。祐正が特別なのではない。常識ある大人ならば、誰でもこの程度の配慮はするはずではないか。

しかも祐正は妻も子も持つ身である。武家では珍しい恋愛結婚だ。光彬に見出されるまでの祐正は無役の貧乏旗本で、ひどい苦労をかけたものだが、妻は愚痴ひとつ言わず健気に支え続けてくれた。そんな妻と、妻に似た可愛い子を裏切ることなど出来ない。それに陽炎とてまだ若い。妻子ある中年男に血迷わずとも、これから他にいくらでも素晴らしい相手と出逢えるはずだ。

何度そう言い聞かせても、陽炎は祐正の傍を離れようとしなかった。むしろ祐正が説教すればするほど熱は高まる一方のようで困惑させられた。

一番不可解だったのは妻だ。夫に言い寄られているのだから怒るべきなのに、役宅に居座り続ける陽炎を追い出すどころか歓迎しているのだから。

『あら、だって陽炎が付いていてくれれば、殿はどんなに危険なお役目を命じられようとご無事で帰って下さるではありませんか』

にこにこ笑う妻も、その横で子と遊びながらお任せ下さいと請け合う陽炎も、全く理解出来なかった。…出来ないまま、今日という日を迎えてしまった。

光彬の血筋に執着し、光彬に子を成させるためなら手段を選ばない災厄の神…玉兎。かの神を恵渡に封じ込め、討ち果たすため、祐正はこの科川宿に陣を張っていた。科川宿は恵渡と西海道を結ぶ五大街道の一つ、東海道の第一宿だ。隆義や麗皓に与した玉兎が恵渡から脱出するなら、ここを通過する可能性が高い。

命を落とす危険すらある任務に、陽炎を伴うつもりなど無かった。だが陽炎は当然のように付いて来て、祐正の配下として働いてくれた。

『紅鞘』の長であり、数多の修羅場をくぐり抜けてきた男の助力は、正直言ってありがたい。四角四面な役人では対応しきれない部分を補助してくれるし、今だって祐正の手足のごとく動き回っている。落雷の危険もかえりみずに。だがそれは、本来なら奉行所の役人でもない陽炎が負わなくていい危険なのだ。

祐正は澄んだ空を見上げ、立ったままの陽炎に命じた。

「陽炎、お前はもう本陣の中に戻れ。屋内なら雷の心配は無い」

「そんなわけには参りません。何か起きるとしたら、ここからが本番でしょうに」

「そうだ。…だからこそ、奉行所の人間ではないお前を危険にさらすわけにはいかん。お前は我らが守るべき恵渡の民なのだから」

きっぱり言い切ると、陽炎は目をきょとんとさせ、やがて赤らんだ頰を隠すように横を向いた。

「…そういうところなんですよ、もう…」

「うん？　何か申したか？」

「いえ、何でも。…そんなことより、今のうちに誘導役を街道へ向かわせた方が良いのではありませんか？」

何度も立て続けにとどろいた雷も、今は落ち着いているようだ。…雨雲も無いのに落ちる雷。明らかに尋常ではない。

住人には可能な限り外出せぬよう宿場の顔役にも命じてあるが、恵渡に流れ込んでくる旅人たちを規制するのは不可能だ。彼らが不測の事態に巻き込まれぬよう、雷がなりをひそめている今のうちに手を打っておくべきだろう。

「そうだな。…壱番組と弐番組、手はず通り街道の旅人たちを本陣に誘導せよ。逆らうなら捕縛しても構わぬ」

「ははっ！」

命令を受けた配下たちがさっそく駆け出していく。

さて次は、とあたりを見回そうとして、祐正は気が付いた。陽炎の陰に隠れていた蛍が、細い首がもげてしまいそうなほど仰向き、空を見上げていることに。大きな瞳がこぼれんばかりに見開かれていることに。

「…蛍、何事だ」

確か以前、蛍は非常に目が良く、人並み外れたその視力を珍重されて幼いのに陽炎の側近に取り立てられたのだと聞いた覚えがある。

蛍は空を見据えたまま、細い指で青空の一点を示した。祐正は書類仕事のせいで疲労の溜まった目を凝らし、ようやく見付ける。翼も無いのに空に浮かび、腕を組み、王者のごとく胸をそびやかす男を。

「あははは…、あはは、はははははっ！」

遥かな高みから哄笑が降り注いだ瞬間、祐正の脳天をかつてないほどの悪寒が突き抜けた。

恵渡で最も金子と人が動く繁華な町、弐本橋にて。

晴天を引き裂いた何本もの稲妻は、人々を混乱と恐怖のどん底に陥れた。悲鳴を上げながら逃げ惑う人々を落ち着かせ、誘導し、どうにか騒動への発展を防いだところに響き渡った子どもの笑い声。

その主を、町火消『い組』の頭、虎太郎は呆然と見上げる。普段の虎太郎らしくもない、驚愕を露わにした表情で。

「…あれ、は……」

記憶には無い人間だ。ぼろぼろの狩衣を纏ってなお王者然とした空気を放つ、高貴で優雅な美しい男になんて、予定よりずいぶん長くなった人生で一度もお目にかかったことは無い。

けれど知っていた。覚えていた。大人の姿とはまるで不釣り合いな、その高く甘い声を。

かつて虎太郎は聞いたことがあった。虎太郎を絶望の淵から拾い上げてくれた唯一の主の、死の間際に。

『……何故じゃ！』

久方ぶりに脳に染み込む声が、記憶にかかっていた霧を晴らしていく。

…そうだ、自分は確かに聞いていた。襖一枚を隔てた向こう側、主の病室で交わされる会話を。すぐにでも駆け込み、主の無事を確かめたいのに、身体が動いてくれなかった。まるで見えない鎖にがんじがらめにされたかのように。

『何故、受け容れてくれぬのじゃ！　そなた、このままでは遠からず黄泉路をたどるのじゃぞ!?』

『……生まれ出でた者はいずれ死ぬるが人の定めというものだ。俺はもうじゅうぶんに生きた。今さら、定めに逆らいたくはない』

喚き散らす幼子に、淡々と返すのは虎太郎の主――榊原彦十郎。遠い昔、虎太郎を暗い闇から引き上げてくれた声は張りを失い、濃厚な死の匂いを漂わせていた。

数多の人間を惹き付けながら、およそ血のつながった孫息子以外誰に対しても執着を持たない、彦十郎らしい言い分だと思った。…だからこそ、正体不明の幼子が羨ましかった。死なないで欲しいと縋るなんて、傍に居ることを許されているだけの自分にはとうてい出来なかったから。

『……そなたが死ねば……、私は、また誰からも忘れ去られてしまう……』

『…玉兎よ、それは違う。お前は…』

『もう嫌じゃ！　あの狭く薄暗い洞で、眠りながら消えるのを待ちとうない！』

しばしの間、幼子のすすり泣きだけが重苦しい空気を揺らした。

虎太郎ですら胸がつぶれてしまいそうなほど悲痛な泣き声に、彦十郎は心を動かされなかったのだろうか。それともただ言葉を紡ぐだけの体力が無かったのか、泣き声にかき消されてしまったのか。彦十郎の声が聞こえることは無かった。

『……これほど願うても、聞いてはくれぬのじゃな』

やがて幼子は、大きくすすり上げた。どん、と音がする。虎太郎の脳裏に、地団太を踏む幼子の姿が思い浮かんだ。

『もういい…っ…、もう、彦十郎など知らぬ！　彦十郎のわからずや、彦十郎なんて、……だ、…だい、……大っ嫌いじゃ…！』

捨て台詞と同時に、全身を押さえ付けていた力がふっと緩む。虎太郎は慌てて襖を開け、転がるように病室へ駆け込んだが、そこに居たのは褥に横たわる彦十郎だけで…。

「…そういう、ことか」

きつく握り締めた拳に指が食い込み、ちりりと痛みが走る。光彬が思いがけず町中で郁姫と出逢った帰り、彦十郎の知己に玉兎という名の者が居なかったかと問われ、自分は知らないと答えた。本当に覚えが無かったからだ。

だが、違った。…虎太郎自身でも手の届かない記憶の奥底に、沈められていただけだったのだ。あの幼子――玉兎によって。

……そこまでして、邪魔をさせたくなかったってのか。

「おい、元助(げんすけ)」

「へ、へい、頭！」

はぐれてしまった子どもを親と引き合わせ、感謝されていた元助がびゅんっと飛んでくる。『い組』に入った頃はへまをしてばかりで、使い物になる前に辞めていくかと思っていたが、ここ最近急に成長してきた。火消としての能力はまだまだ。しかし他人のために怒り、泣き、命すら懸けることの出来るこの男は、虎太郎などよりよほど火消に相応(ふさわ)しい。

「これをご老中(ろうじゅう)、常盤主殿頭様のお邸にいらっしゃる光(みつ)さんに届けてくれ」

帯に挟んでいた矢立てでさらさらと記した書付を渡す。

元助は神妙な顔付きで受け取り、懐(ふところ)にしまった。空に浮かぶあの男は誰なのか。何故こんな時に老中の邸に赴(おもむ)かなければならないのか、何故貧乏旗本の三男坊である光彬…七田光之介(しちだみつのすけ)が老中の邸に居るのか。

頭の中に渦巻いているだろう疑問を一切口にしないまままきびすを返し、うまく人波をかき分けながら駆け出す。これもまた成長の証(あかし)か。

……ちゃんと上様に届くよう、見守ってやって下せえよ。

「――榊原様……」

祈るように呟くのは、虎太郎にとっての神の名だった。

「早く…、早く……」

調度の散乱した座敷で、桐姫は船箪笥の錠前に鍵を差し込んでいた。かたかた震える手は上手く動いてくれず、鍵の先端が鍵穴をつるつると滑る。

手伝ってくれる侍女は居ない。晴れ渡った空に突如雷鳴が響き渡り、稲妻が長局に面した庭園に落ちたとたん、皆一目散に逃げ出してしまった。桐姫を置いて。

雷はいったん収まったようだが、庭園からは雷に焼かれた木々の焦げる匂いが漂ってくる。響き渡る幼い笑い声も恐怖に拍車をかけた。今すぐ逃げなければ我が身も危ういのはわかっているのに、異母兄から託された冊子を持ち出さなければ気が済まない。あれがあるからこそ、老中の能登守を家臣のごとく扱えるのだ。あれの無い桐姫など、数多居る志満津家の姫の一人に過ぎない。…誰にも顧みてはもらえない。

「…こ、……これは？」

ようやく開いた船箪笥の抽斗から古びた冊子を取り出し、桐姫は愕然とする。念のため開いてみた中身は、桐姫の知るものとは違っていたのだ。

……まさか、すり替えられたとでもいうの？

桐姫は必死に記憶を掘り返す。

船箪笥の鍵を仕込んだ厨子は、大奥入りを果たしてから毎朝確認していた。あまりひんぱんに開けては侍女たちに怪しまれてしまうから、船箪笥の中はたまにしか確かめられなくて……最後に見たのはいつだった？

すり替えたのは誰？　一番怪しいのは御台所の手先の富貴子だが、あの美しい少女はそもそも冊子の存在など知らないはずだ。ならば他に考えられるのは、桐姫の侍女たちだけ。いずれ将軍生母となる桐姫に、忠誠を誓ってくれていると信じていたけれど…。

……しょせんわたくしも、異母兄上様の駒の一つでしかなかったということなのね。

だから皆、桐姫を見捨ててさっさと逃げ出したのだ。死んだ郁姫以外にも、志満津家の姫はたくさん居る。桐姫が新たな側室候補に選ばれたのは、生母の身分が一番高かったから。ただそれだけだ。

あの中の誰かがひそかに冊子をすり替えていたとしてもおかしくはない。老中の亡父の、決して公にはならない醜聞。どこに持ち込んでも高く売れるはずだ。あるいは盗んだ本人が新たな脅迫者になるか。

「……もう、どうでもいいわ」

偽の冊子を放り捨て、だらしなく横たわる。

再び雷が落ち、今度はこの長局を直撃したって構わない。桐姫が焼け死んだと聞いて、逃げ出した侍女たちや異母兄が一生罪悪感に苦しめばいい。

「わたくしを心配してくれる者なんて、どうせ誰も……」

「……様！　桐姫様！」

遠くから聞こえた呼び声に、桐姫は飛び起きた。たたたっと近付いてくる軽やかな足音は、侍女たちのものではない。

開かれたままの襖から、小さな人影がひょこりと現れた。

「…良かった、こちらにいらしたのですね！」

「つ、……鶴？」

桐姫はぱちぱちと何度も目をしばたたく。どうして鶴がここに居るのだろう。御台所の代参として、西の都の寺院に旅立ったと聞いていたのに。振袖の長い袂にたすきをかけ、緋色の袴を穿いた勇ましい姿で。

「そなた、どうして…」

「桐姫様こそ、どうしてお逃げにならないのですか。ここは危のうございます。私と一緒においで下さい！」

どうやら鶴はわざわざ御殿から離れた長局まで、桐姫を捜しに来てくれたらしい。ほんのり温まった心は、だが次の言葉ですぐに冷えた。

「先に脱出された侍女の皆様も、姫様を心配しておいでです。早く…」

「……わたくしは、行きませぬ。そなただけで逃げなさい」

「え？」

侍女たちは主を捨てて逃げたのだと思われたくないから、わざとらしく心配してみせているだけだ。本当に桐姫が気がかりなら、引き返せばいいだけの話ではないか。

「わたくしが死んだって、誰も悲しまない。わたくしの代わりはたくさん居るのだから」

「姫様……」

「わたくしなんて、ここで雷に打たれて死ねばいい。そうすればあの者たちは…異母兄上様は、一生、わたくしを見殺しにしたと苦しんで…、…っ？」

がしっと強く肩を摑まれ、桐姫は俯いていた顔を上げた。どくん、と心の臓が跳ねる。いつも従順で控えめだった鶴が、怒りを孕んだ強い眼差しを注いでいたせいで。

「――苦しみませんよ」

「…っ、る？」

「貴方を苦しませる人は、貴方がどんな目に遭ったって苦しんだりしない。…一時、気まずく思うことはあるかもしれません。だけどその後は貴方のことなんてすっかり忘れて、彼ら自身の人生を謳歌するんです」

それでもいいのですか、と詰問する鶴もまた、桐姫と同じ苦しみを味わったことがあるのだろうか。自分なんて何の価値も無いのだと思い知らされ、周囲の裏切りに泣いたことが。さもなくばたった七歳の娘の口から、こんな言葉が出て来るとは思えない。

……わたくしは……。

「姫様が亡くなってしまったら、私は悲しいです。きっと大泣きすると思います」

……わたくしより十近く幼い娘が気丈に生きているというのに……。

「だからお願いです。私と一緒に逃げて下さい。…死ぬのは、何もかも全部やり切ってからでも遅くはないはずです…！」

黒い瞳に宿る強い意志の光に引き寄せられるがまま、桐姫はゆっくりと立ち上がった。

…鶴が本音を言っているという保証は無い。幼くとも御台所の手元で育てられた娘なのだ。志満津家から預かった大切な姫が横死すれば、大奥の主人たる御台所が責任を問われることになる。恩人を救うため、偽りを並べ立てているだけかもしれない。

それでもいい、と思ってしまったのは——。

「……いきましょう、姫様！」

愛らしいのに凛々しい、どこか少年のような鶴の笑顔がまぶしくて、桐姫は差し出された小さな手をきゅっと握り、導かれるがまま局の外に出る。

床に打ち捨てられた冊子には、一瞥もくれなかった。


——失敗、した——。

歓喜に満ち溢れた笑い声を耳にした瞬間、光彬は後ろから頭を強かに殴られたような衝撃に襲われた。

打ち倒しておくべきだったのだ。あの時…初めて城下で遭遇した時、まだ和皓の意識が表に出ているうちに、問答無用で斬っておくべきだった。そうすれば。

「ついに…、……ついに、この時が来た……！」

手の届かない高みで呵々大笑する神を、討てたのに――！

「……、っ……」

忌々しそうに舌打ちをする純皓もまた、悟ったのだろう。何故、麗皓は和皓に『薬師の御使い』などと偽らせ、恵渡の町人たちを病にしては治療させたのか。

将軍に反感を抱かせ、幕府の権威を失墜させるためではなかった。真の狙いは、町人たちにこそあったのだ。

和皓によって不治の病から救われた人々は、和皓こそが病の元凶とも知らず、和皓に…否、玉兎に感謝する。尋常ではない手段で病がばら撒かれれば畏怖する。神に対する強い感謝も、そして畏れもまた信仰だ。

信じる心…神を神たらしめる力。それを集めることこそが、麗皓と玉兎の本当の目的だったのだ。

――何と…、……何という……。

光彬だけに聞こえる金龍王丸の低く寂びた声に、苦悩の色が混じる。

——申し訳…ございませぬ……。私では…、…今のあの者には、とうてい……。

長き年月を経て神格を得るにいたった金龍王丸もまた、神の一柱には違いない。けれど数多の町人たちから信仰されている玉兎には、傷を負わせることすら叶わない。

金龍王丸は口惜しそうに語るが、責められるべきは光彬だ。もっと早く、玉兎たちの目的に気付くべきだった。

『神とは、美々しい社に鎮座し、神職どもにかしずかれるがゆえに神と呼ばれるのではない。……神はの、人の信じる心から生まれ出でるモノなのじゃ』

かつて光彬にそう語り聞かせてくれたのは鬼讐丸だった。あの童形の剣精がここに居たら、どうして警告を活かしてくれなかったのかと嘆くに違いない。…鬼讐丸は妖刀としての怨念を浄化され、光彬を守らんがために守護聖刀としての力を得た。ならば、病を操る神である玉兎は…。

「——聞くが良い、彦十郎の孫よ」

狩衣の袖から生えた触手を翼のごとくはためかせ、神は宣告する。

「今すぐ武家伝奏より提示された全ての条件を呑み、桐姫と番うて子を成すと誓うのじゃ。さもなくば、恵渡の民全てに病をばら撒く。……それ、このように」

「や、……やめろぉぉっ！」

ぱんぱんに膨れた触手が大蛇のように鎌首をもたげる。

とっさに走り出した光彬の前に、立ちはだかるのはもう一人の異形・麗皓だ。再生した腕を、ぶんっと勢い良くなぎ払う。

「くそ、…っ…！」

純皓によって素早く投擲された数本の刀子が、赤黒い腕に突き刺さった。刀子はすぐに腐食し、ぼろぼろになって抜け落ちてしまうが、振り下ろされる拳の速度がほんの少しだけ鈍る。

「…くっ……」

わずかに生じた隙に光彬は身をかがめた。直後、常人の三倍はあろうかという赤黒い腕が唸りを上げながら通り過ぎていく。光彬の髷の先端をほんの少し斬り落として。

……速さが、上がっている……。

速さだけではない。以前とは比べるべくもないほど太く、巨大になった指の先端には、いつの間にか猛禽めいた鉤爪が生えていた。少しでもあれに触れれば肌は引き裂かれ、腐り落ちてしまうだろう。

だが、その強さと引き換えに消費されているのは…。

「……上様、ご返答は如何に？」

「麗皓……」

「ご存知無いかもしれませんが、玉兎様はあまり気の長いお方ではありません。…ああ、ほら、あのように」

麗皓が上空に眼差しを向けるや、玉兎の触手から黒いへどろがぶちまけられる。

まだかろうじて意識のあった和皓が吐き出していたのと同じ――否、もっと危険で、もっと性質の悪いモノ。往年の神威（しんい）を取り戻した疫病（えや）みの神の力が、恵渡の町に降り注ぐ。

――ぎゃあああああああっ！

――おっとう、おっかあ！

――く…、るしい…っ。息が、息が出来ない……。

――何だこれは…、身体が、……腐って……。

「ぐう、……うううっ！」

「……光彬!?」

逆巻く怒濤（どとう）のごとく打ち寄せてくる、何十、何百もの呻吟（しんぎん）に脳がみしりと軋（きし）んだ。たまらずよろめいた光彬を、純皓が支えてくれる。

「上様はまこと民思いの、お優しいお方。よもや愛するのは妻一人だけなどという私欲のために、病に苦しむ民を見捨てたりはなさいますまい？」

麗皓がねっとりと言葉を紡ぐたび、ぐらぐらと脳が揺れる。反響する無数の苦痛の悲鳴に、思考が分断されていく。

「…麗皓、貴様っ！」

光彬の身に何が起きたのか察したのだろう。

純皓は美貌を怒りに染め上げ、何かを麗皓目がけて投げ付けた。黒く丸いそれは命中すると同時に爆発し、もうもうと白煙を上げる。かすかに漂う刺激的な匂い——忍びが用いる痺れ薬の類いか。

「…お前もだ、純皓。何故わからない？」

普通の人間ならたちまち痺れて身動きが取れなくなるだろうそれに、麗皓はほんの少し柳眉をひそめただけだった。

「上様が桐姫に子を孕ませたとて、お前に対する愛情が薄れるわけではない。御台所としてのお前の立場も揺るがない。何故、たかが数度他の女に触れるだけのことを我慢出来ない？」

「——……、……お前が……」

光彬を支える腕が、ぶるぶると震えた。

伝わってくるのは、我が身を焼き尽くすほどの怒り。純皓が光彬以外に対し、ここまで感情を露わにするのは初めてだ。…そして、これが最後かもしれない。

「お前がそれを、……言うのか……」

脳が軋んでいるせいだろうか。泣いているように見えるのは。黒い瞳に瞋恚の炎を燃やす純皓も、……らしくもない言葉ばかり並べ立てる麗皓も。

「椿の、……母のために全てをなげうった、お前が……！」

純皓の中に膨れ上がる殺気と慟哭が、ぐらぐら揺れる脳に響き続ける悲鳴を遠ざける。

……ああ…、そうか、純皓。お前も麗皓が父かもしれないと……。

身じろぐだけでこみ上げてくる吐き気を気力で呑み込み、光彬は万が一に備え懐に仕込んでおいた刀子をしゅっと放つ。心の臓を狙ったそれを異形の左腕で払い落とし、麗皓はふうっと息を吐いた。

この期に及んで無駄な抵抗を、と呆れているのだろう。だが光彬の目的は、麗皓を倒すことではない。

……やはり、防いだ!

さっきから疑問に思っていた。麗皓は異形の腕を狙われても特に防御しないのに、未だ人間の姿を保ったままの部分——心の臓を狙われれば防ぐのだ。防がなければならないのだとしたら、つまりそこは。

「……麗皓、よ」

わんわんと脳内にこだまする叫喚。

「俺の、答えは——」

「…駄目だ、光彬!」

血相を変えて引き戻そうとする純皓の腕を、光彬は渾身の力で振り解いた。驚愕に染まった瞳が、何故、と問いかける。

…わかっている。純皓がせめてその手で、麗皓を仕留めたいと願っていることは。

でも、もし。

……もし一かけらでも、麗皓を肉親だと…父親かもしれないと思っているのなら…俺は、お前に殺させたくはない……！

「――これが、俺の答えだ！」

頭の中の悲鳴すらかき消す強い意志が、歴代将軍を守護し続けてきた宝刀から聖なる光を引き出す。冴え渡る頭が矢継ぎ早に命令を下し、身体は十二分に応える。立っているのもやっとだった足が力強く畳を蹴る。

ザン……ッ。

肉を断つ感覚が伝わってきた時には、苦痛にゆがむ麗皓の顔が間近にあった。左肩から心の臓を袈裟懸けにするはずだった斬撃は異形の左腕に受け止められ、赤黒い血飛沫をあたりにまき散らしている。

必殺の一撃だったはずなのに、ぎりぎりのところで防がれてしまった。あと心の臓さえ貫けば、普通の人間と同じく死に至る。

……だが、どうやって？

異形の腕は光彬が歯噛みする間にも、黒い血煙を上げながら修復されていく。玉兎の残滓が尽きれば修復も止まるのだろうが、四半刻に満たぬ間であろうと、ここに足止めされるわけにはいかない。玉兎が待ってくれるとも思えない。

だが麗皓は己が倒れるまで、光彬を玉兎のもとに行かせはしないだろう。…ほんの一瞬でもいい。麗皓に隙が生じれば……！

「ぐぅ、うっ……」

食い込んだ刃ごと、麗皓が異形の腕を振り払う。――その時だった。血に染まった狩衣の懐から、何かがすべり落ちたのは。

……あれは！

光彬は瞠目する。上質な赤珊瑚の玉をあしらった、大名家の姫の持ち物にしては質素な簪。…異母兄と愛した男に利用され、儚い命を散らした郁姫の形見。いつの間にか消えていたはずのそれを、何故麗皓が――？

落下していく簪に、麗皓は異形の腕を伸ばす。左胸ががら空きになった瞬間、疑問は吹き飛んだ。再び振り上げた金龍王丸が、金色の光を纏う。

「……グ、あ、…あああ…っ…」

熱した鏝を氷に押し当てたように、光の刃は麗皓の肉を、骨を筋を断ち、ついには心の臓までも両断した。

鈍い手応えが教えてくれる。もう麗皓は二度と起き上がれないと。

…だから、どうっと倒れながらも麗皓が簪を受け止めたのは、麗皓でも光彬でもない誰かが力を貸してくれたからかもしれない。苦悶にゆがんだ顔が和らいだのは、その誰かの姿が麗皓には見えたからなのかも……全ては光彬の推測に過ぎないが。

血まみれで横たわる麗皓のもとに、純皓が静かにひざまずく。泣くのを堪えているようなその顔が、誰に見えたのか。人間のままの手で、麗皓は純皓の頬をそっと撫でた。

「……、……き……」

最期の息と共に吐き出された名が誰のものだったのか。聞き取れたのは、間近に耳を寄せた純皓だけだ。

だが純皓がその名を明かすことは決して無いだろう。光彬も尋ねたりはしない。それは麗皓の遺言であり、最初で最後の——親子の思い出だから。

…麗皓と純皓の本当の血縁関係を明らかにするすべは無い。けれど少なくとも麗皓は、純皓を我が子と思っていたのではないだろうか。

何故なら椿を一途に愛し抜いた麗皓らしくもない露悪的な言葉の数々は、純皓を幻滅させるためだと…父かもしれない相手に愛着を抱かせず、後々罪悪感に苦しませないためだったと思えてならないから。

やがて純皓は異形の手に赤珊瑚の簪を握らせ、立ち上がった。何も言われなくても、その心に渦巻く感情は光彬も同じだからよくわかる。

「——行くぞ」

「ああ」

短く応じ、光彬は純皓と共に座敷を出る。

…全ての元凶を、討つために。


中庭に降り立ったとたん、全身に震えが走った。神の雷に清められ、毒々しいまでに澄んだ空気が絡み付く。

「……彦十郎の孫」

上空からは豆粒ほどの大きさだろう光彬たちを目敏(めざと)く見付け、玉兎はすうっと下りてきた。光彬の頭あたりの高さで浮かび、にっこりと笑う。恵渡の民に病を振りまいた触手を、上機嫌な猫の尻尾のようにうごめかせて。

「どうじゃ？　心は決まったか？」

遥か高みから見えていたはずだ。悶え苦しむ民も、異形と化して死んでいった麗皓も。

だが玉兎の目には光彬だけしか映っていない。いや、光彬を通し、死んだ祖父の彦十郎だけを見詰めている。

「聞いていたはずだ。俺の心は変わらない。…佐津間藩の出した条件を呑むことも、桐姫と子を成すことも受け容れられぬ」

「ほお……？」

ぐるん、と触手がうねり、先端から黒煙を吐き出した。

光彬は鞘に収めていた金龍王丸をとっさに抜き放ち、すさまじい異臭をまき散らす煙をなぎ払う。しゅうしゅうと音をたてて蒸発するそれが空気に溶ける前に、触手は再び黒煙を吐き、金龍王丸によって霧散させられていく。

「我が疫病を浄化するか。将軍家歴代の宝刀だけあって、付喪神としてはなかなかの格のようじゃ。されど…」

「っ……」

「これは、どうじゃ?」

瞬く間に玉兎の背丈の数倍もの長さに成長した触手が、竜巻の如く回転しながら中庭を暴れ狂う。手入れされた庭木や花々、石灯籠、池に架けられた太鼓橋までもがちぎり飛ばされ、なぎ倒されていく。人間などひとたまりもない。

共に行動すればまとめて的にされるだけだ。

光彬と純皓は眼差しを交わし、反対方向へ跳んだ。ちょうど目の前をかすめた触手を、純皓が数本まとめて小太刀で斬り落とす。

「ひぃっ、ぎゃあぁ、あっ！」

断ち切られた触手が宙を舞うと同時にほとばしった野太い悲鳴は、大人の——和皓のものだった。声を呑む二人に、玉兎は悪戯が成功した童のように笑いかける。

「まっこと、そなたは孝行者よのう。紫藤純皓よ」

「いいいいっ、いでえ、痛い、し、死ぬ、死ぬっ」

楽しげな童の声と大人の喚声が、玉兎に支配された和皓の口から同時に紡がれる。混じり合わずそれぞれきちんと聞き取れるのは、神の御業か。

「この者に能う限りの苦痛と不名誉を味わわせ、陽ノ本じゅうに汚名を鳴り響かせるのが麗皓の願いであった。陽ノ本に病を振りまくのじゃ。汚名ならばこの国が続く限り語り継がれるであろうが…」

「み、帝の一族たるまろに、な、何というこ、とを、…っ、い、痛い、痛い痛い痛いいいっ」

「苦痛はそうもいかぬ。神は己自身を傷付けられぬゆえ、な。代わりにそなたが傷付けてくれるのだから、きっと麗皓も泉下で喜んでいるじゃろう」

「…たの、む…っ、…殺せ、……殺して、殺して…っ……」

くす、くすくすくすっ。

愛らしいと表現してもいい笑い声と、和皓の嗚咽と、暴れ回る触手が破壊の限りを尽くす音と——悪夢のような合奏は、光彬の精神を少しずつ削っていった。触手を避けながら玉兎の隙を窺う中、ずきずきと疼く頭にさざ波が立つ。

あの身体を支配しているのは玉兎でも、傷を付ければその痛みは和皓が引き受ける。そんなことに、今さら良心が咎めているわけではない。

……『神は己自身を傷付けられぬゆえ』？

引っかかったのはそこだ。玉兎がその事実を知っているということは、ひょっとしたら……玉兎はかつて、己で己を傷付けようとしたことがあったのではないか。だが、いったい何のために？

「考え事などしておる場合か？」

睦言のように甘い囁きが光彬の耳朶をくすぐった。はっと我に返る光彬のおとがいを、いつの間にか地上に下りていた神は白い指先で掬い上げ——。

「私が傍に居るのに、他所事など考えては寂しいではないか」

——この、薄情者。

甘く詰った唇が触れる寸前、ぶうん、としなる触手を光彬の腹に叩き込んだ。

「ぐ、……、……っ……」

刹那、頭が真っ赤に染まった。

…息が止まる。みしりと全身が嫌な音をたてた。光彬、と悲鳴のような純皓の呼び声が聞こえた気がするが、詰め物でもされたかのように詰まった耳はすぐに空気の唸る音しか捉えてくれなくなる。

——ドォンッ！

耳元で轟音が炸裂した瞬間、奪われていた五感が一気に戻ってきた。

背中と腹を襲う、かつてないほどの激痛。かは、と吐き出した唾液は濃厚な血の味がした。

ぐるぐる回る視界にえずきそうになりながら、光彬はようやく理解する。自分は触手の一撃をまともに喰らった挙句、邸の壁まで吹き飛ばされ、まともに受け身も取れずに背中から叩き付けられたのだと。

…意識が刈り取られていたのは、おそらく掌を数度打ち鳴らすほどの間にも満たなかったはずだ。

その短い間で、ようやくぶれなくなった視界に映る光景は一変していた。

「…っ、…この……っ！」

斬り落とされた数本の触手が人一人くらい丸呑み出来そうな大蛇と化し、純皓を取り囲んでいる。玉兎とつながった本体ほど素早くも、力が強いわけでもなさそうだが、純皓は攻めあぐねているようだった。また下手に斬り付けて分身させ、敵を増やしてしまうことを危惧（きぐ）しているのだろう。

……どうする？　味方を呼ぶか？

純皓から預かった、もう一本の発煙筒。それを打ち上げれば、恵渡じゅうに散らばった八虹の配下や御庭番たちが駆け付けてくれる手はずになっていた。

純皓の小太刀でも斬り落とせたということは、通常の武器でも触手にならなら通用するということだ。人海戦術でたたみかけ、もはや分裂も出来ないくらい切り刻んで小間切れにしてしまえば、あるいは。

……いや、駄目だ。

人々の信仰心で強化される前ですら、玉兎は奥女中や新番組の番士たちを操ってみせた。人並み外れた身体能力を誇る八虹の配下や御庭番たちを呼び寄せ、彼らまで操られたら、もはや取り返しのつかない事態に陥ってしまう。純皓もそう判断したからこそ、孤軍奮闘を強いられているのだろう。

だが純皓の体力とて無限ではない。そう遠くないうちに限界は訪れる。

「そなたは何も考えなくて良い」

歌うような声音に顔を上げたとたん、腹にずきんと激痛が走った。たぶん臓腑は傷付いてはいないはずだが、痛みが完全に引くには相当の時間がかかるだろう。

「ただ、私の言葉に頷きさえすれば良いのじゃ。…そなたにはもう、抵抗の手立てすら無い。意地を張れば苦しみが長引くだけぞ」

座り込んだまま動けない光彬の傍(かたわ)らに膝をつき、いつの間にか近付いていてきていた玉兎は汚れた頬を愛おしそうに撫でる。反射的に握り込もうとした右手が空を切り、金龍王丸が無いことにようやく気付く。吹き飛ばされた衝撃で、手放してしまったのだろう。

武士が武士の魂たる刀を、戦場で手放すとは…どんな事情があれ、首を刈られても仕方の無い失態だ。武者修行の旅で幾度も修羅場をくぐり抜けた亡き祖父が見ていたら、鉄拳(てっけん)を喰らったに違いない。

もはや、ここまでか。

——この愚か者!

生まれて初めての絶望に染まりかけた心を、猛々しい一喝が揺さぶった。

…忘れるわけがない。父親代わりであり、厳しくも温かい武芸の師でもあった。幼い頃の優しい記憶には、いつでもこの声の主が微笑んでいる。

「お、…祖父、……様……」

勝者の余裕を漂わせていた玉兎がぴくりと眉をひそめる。

だが光彬のぼやける目に映るのは、懐かしい祖父彦十郎の姿だけだ。洗いざらしの小袖に袴、そして腰には飾り気の無い大小の刀。すっと伸びた背筋。…病に倒れる前の、老齢を感じさせない凛とした立ち姿。

——武器を取れ、光彬。武士は戦って死ぬるが役目。命ある限り立ち止まるなど許されぬ。

彦十郎の言葉は正しい。

だが光彬にはもう、武器など無いのだ。あったとしても玉兎には通用しない。どこかに落ちている金龍王丸を拾いに行く余力すら残されていない。

彦十郎は無言で腰の大刀を鞘ごと抜き、光彬に差し出した。かつて彦十郎が友から…『紅鞘』の先代の長から預かったという刀。彦十郎と光彬によって怨念を浄化され、彦十郎亡き後は光彬が形見として受け継いだ。

鋼の刀身に宿る剣精は、いつも光彬を守ってきてくれた…。

「……鬼讐丸……」

その名を告げた瞬間、差し出していた刀だけを残し、祖父の姿はふっとかき消える。震えの収まった手を伸ばせば、刀は自ら収まった。

「……っ」

燃え盛る炎に触れてしまったかのように、玉兎は素早く跳びすさった。その顔には初めて見せる焦りが滲んでいる。

全身を苛んでいた激痛は、いつの間にか消え去っていた。光彬は起き上がり、黒塗りの鞘からゆっくりと刀を抜く。

以前よりも鋭さを増した刀身が白い光を放った。太陽とも月光ともつかぬそれは、みるみるうちにかたどっていく。艶やかな長い髪を結い上げ、しなやかな肉体を稲妻文様の直垂に包んだ美丈夫を。

初めて見る姿だった。記憶の中の彼は水干姿の美童だ。

けれど間違えるはずがない。祖父から譲り受けた武士の魂を。いくつもの戦いを共にした戦友を。

「——待たせたな、あるじさま」

童の頃の無邪気さが残る顔で、鬼讐丸はにっと笑った。

AFTERWORD

あとがき

――宮緒葵――

こんにちは、宮緒葵です。前の巻から少し間が空いてしまいましたが、『華は褥に咲き狂う』七巻、お読み下さりありがとうございました。

今回のサブタイトルは『神と人』。光彬と玉兎、そして彼らを取り巻く人々の因縁にかけたタイトルですが、裏のサブタイトルは『オールスター勢揃い』でした。これまで六巻にわたり光彬がつないできた縁が、光彬の前に立ちはだかる神という高い壁に少しずつひびを入れていく…ということで、懐かしい面々の再登場ラッシュです。私も執筆しながら同窓会のような気分になりました。

特に楽しかったのはやはり鶴松の女装シーンですね。鶴松は成長しても光彬より線が細く色白なので、味をしめてしまった富貴子姫と咲にこれから何かにつけ女装させられることでしょう。おかげ（？）で女心がわかるようになり、光彬とは別方向で女性にもてる将軍になるんじゃないでしょうか。鶴松自身は一途なので不本意でしょうが。

光彬の小姓、永井彦之進のエピソードは、実はスピンオフ『桜吹雪は月に舞う』につながっています。主人公・統山好文の父、鷹文は元々統山家に入った養子なのですが、養子に入る前の名字が『永井』なのです。そして彦之進の妻は統山家の分家筋出身、ということは…？

元助は良くも悪くも平凡で、だからこそ虎太郎は傍に置いています。恵渡の民を映し出す鏡のような存在なんですね。元助本人はもちろんそんな自覚はありませんが、これから先、光彬と関わった人々の中で最も人生が変わるのは元助かもしれません。

そして何と言っても感慨深かったのは鬼讐丸の再登場シーンですね。前の巻で大変なことになった時、たくさんの読者さんから（担当さんからも…）心配されてしまいましたが、無事に登場させてあげられて良かったです。童形だった鬼讐丸が何故、そしてどうやって大人の姿になって帰ってきたのか、その意味するところなどは次の巻で明らかになりますが、色々と想像して頂けると嬉しいです。

今回のイラストも小山田あみ先生に描いて頂けました。小山田先生、七巻目も素晴らしい恵渡メンたちをありがとうございました…！　小山田先生のイラストあってこその恵渡シリーズです。最後までどうぞよろしくお願いいたします。

さて、『華は褥に咲き狂う』は次の八巻にて完結の予定です。これまで築き上げてきた人々との絆が光彬をどこへ導くのか。次はそんなにお待たせしないかと思いますので、ぜひ大団円を見届けて下さいね。スピンオフ『桜吹雪は月に舞う』も含め、ご感想など頂けるととても嬉しいです。

それではまた、どこかでお会い出来ますように。

雑草の矜持(きょうじ)

元助(げんすけ)は棒手振(ぼてふ)りの父親と、気の強い母親の間に生まれた三男だ。上には兄が二人と姉が一人、下には弟と妹が一人ずつ。貧乏人の子沢山(こだくさん)を絵に描いたような一家だった。

もっとも、元助の暮らしていた下町の裏長屋ではどこの家も似たり寄ったりだ。家族ぐるみの付き合いが当たり前で、長屋全体が一つの家のようなもの。

そんな中、元助の隣の部屋に住まう父娘は明らかに浮いていた。野崎(のざき)様、と周囲から呼ばれていた父親は、母親が大家から聞き出したところによれば、とある大身(たいしん)武家に仕(つか)える侍(さむらい)だったらしい。何か大きなしくじりをして首になり、病弱な妻に死なれた末、残された娘と共にこの長屋に流れ着いたのだそうだ。

天下に平和がもたらされて久しい今、お役目にありつけず貧乏暮らしの侍など珍しくもない。だが野崎にとって庶民に交じっての長屋暮らしは屈辱でしかないらしく、住人たちとは決して付き合おうとしなかった。職探しに励(はげ)んでいるのか、朝早く出かけて暗くなるまで帰らない。たまに軒先(のきさき)で出くわせば、薄汚れた野良犬でも見るような目で睨まれたものだ。

気のいい長屋の住人たちも、さすがに野崎とは距離を置いた。野崎は浪人の身分に不釣り合いなくらい立派な拵(こしら)えの大小(だいしょう)を差しており、とある流派の免許皆伝(めんきょかいでん)の腕前だという。かっとなってばっさり斬られたのではたまらない。

しかし元助の母親は、いつも隣を気にかけていた。野崎は一人娘の鈴を長屋に置き去りにしていたのだ。鈴はまだ六歳になったばかりである。一番下の妹とそう変わらない年頃の童女が一人きりで留守を守るなど、世話好きな母親には見過ごせなかったのだろう。

元助は毎日のように隣を訪れては、母親の握り飯を届けたり、鈴と一緒に遊んでやったりもした。父親はいけ好かないが、娘に罪は無い。それに鈴は居丈高な父親に似ず素直で、可愛らしい娘だった。町人の元助を本当の兄のように慕ってくれる。

それだけに、元助は父親の野崎が腹立たしくてならなかった。

お役目探しだか何だか知らないが、どうしてこんなにも幼く可愛い娘を放っておけるのか。鈴は父親が立派な侍だと信じ、心の底から尊敬しているのに。

『なあ鈴、もう俺んちの子になっちまえよ。子どもが六人だろうが七人だろうがたいして変わらねえ、っておっとうもおっかあも言ってたし』

幼かった元助は、何度も鈴を説得しようとした。だがそのたび、鈴はどこかおとなびた顔で寂しそうに首を振るのだ。

『わたしがお傍を離れたら、父上は一人になってしまわれます』

元のお邸に仕えていた頃……母親が生きていた頃は、野崎も娘を可愛がってくれる優しい父親だったようだ。新しいお役目さえ見付かればきっと以前の父親に戻ってくれると、鈴はいじらしいくらい信じ込んでいた。

『元助にいさま、聞いて下さい！』

ある日、いつもは元助の訪れをじっと待っている鈴が隣から駆け込んできた。珍しいこともあるものだ。どうしたんだと問えば、鈴は小さな手を握り締めながら嬉しそうに笑った。

『今日、父上が朝草に連れて行って下さるとおっしゃったのです。新しい着物まで誂えて頂いたのですよ、ほら』

くるり、と回ってみせる鈴は、いつもの地味な小袖ではなく、小花の描かれた華やかな振袖を纏っていた。髪もきちんと結い、花簪まで挿している。目鼻立ちの整った鈴がそんな格好をすると、まるでどこかのお姫様のようだ。

……いや、違えな。

鈴は正真正銘、武家のお姫様だ。父親がお役御免にならなければ、元助とはきっと言葉を交わすことすら無かった。

『……にいさま？　如何なさったのですか？』

大きな目にじっと見上げられ、元助は我に返った。いつものように頭を撫でてやろうとして、手を引っ込める。

『そうか、良かったじゃねえか。楽しんで来るんだぞ』

『はい！　にいさまにもお土産を買って参りますね！』

鈴は破顔し、長い袂を汚さないよう注意しながら駆け出していく。朝草には見世物小屋や有名な観音様を祀った古刹もあるから、ろくに出歩いたことも無い鈴には楽しいことずくめだろう。

『へえ！　あの不愛想侍にも、父親らしいところがあったんだねえ』

元助から話を聞いた母親は感心しつつも、不思議そうに首を傾げた。

『でも、新しい振袖に簪って…どこにそんな銭があったのかねえ。新しいお役目が見付かったなんて話、聞いちゃあいないけど…』

どくん、と心の臓が跳ねた。今すぐ鈴を連れ戻さなければ、取り返しのつかないことになる。元助は母親が引き止めるのも聞かず、嫌な予感に導かれるがまま朝草へ向かって駆け出した。

走り続けること半刻。息を切らしてたどり着いた朝草は、昼間から観音様詣でに訪れた人々で賑わっていた。にもかかわらず野崎を見付けられたのは、白粉の匂いをさせた婀娜っぽい美女を張り付かせていたからだ。鈴の姿は……どこにも無かった。

『おい、てめえ！　鈴はどこにやったんだ!?』

『……長屋の子倅が、何用だ』

元助が躍り出ると、野崎は不愉快そうに眉を顰めた。

『鈴をどこにやったんだって聞いてるんだよ。答えやがれ！』

『この、無礼者が…』

『まあまあ、旦那。いいじゃないですか』

自慢の刀の柄を握ろうとした手を、美女が止めた。元助に微笑みかける顔は幼心にもどきりとするほどなまめかしいのに、ひどく禍々しい。

『教えてあげるよ、坊や。あの娘はねえ、あたしを落籍すための金子になってくれたのさ』

『落籍、す……？』

『なあに、心配するこたあ無い。綺麗な着物を着て白いおまんまを食べて、今よりずっといい暮らしが出来るんだ。幸せってもんだよ』

美女の話は半分以上意味不明だったが、これだけは理解出来た。…鈴は、父親に売られたのだ。この美女を手に入れるために。

――わたしがお傍を離れたら、父上は一人になってしまわれます。

『……っ、この野郎……！』

鈴の寂しそうな表情と今日の笑顔が脳裏をよぎった瞬間、元助は野崎に掴みかかっていた。だが、町人の子どもが鍛えた侍に敵うわけがない。元助はあっけなく振り払われ、無礼者、と何度も殴られた。町奉行所の同心が駆け付けなかったら、殺されていたかもしれない。

…その後、迎えに来た父親が帰る道々教えてくれた。野崎が毎日出かけていたのはお役目探しではなく、執心の女郎の居る岡場所に通うためだったこと。女郎の身請けと今まで溜まったツケの代償に、娘の鈴を売り払ったらしいこと。

鈴の振袖と簪は、支度金で購ったのだろう。少しでも器量よしに見せ、高く売り付けるために。…久しぶりの父親の愛情を、鈴は喜んでいたのに。

糞みたいな話だ。しかし父親が引き渡した以上、鈴の身柄はその岡場所のものである。取り返したければ金子が必要だ。町人が一生働いても稼げないほど多額の金子が。

侍なんて偉ぶってばかりのろくでなし揃いだ。その日から元助は、侍という存在を忌避するようになった。変化が生じたのは町火消『い組』の火消になり、七田光之介という風変わりな侍に出逢ってからだ。

仮にも旗本の三男坊でありながら、光之介は元助がどんな態度を取っても怒らなかった。助けを求められれば誰であろうと手を差し伸べ、共に悩み、共に笑う。お天道様のようなその笑顔に、気付けば引き込まれていた。

何度も一緒に笑った。何度も助けられた。憎悪と絶望に凝り固まっていた心を救われた。

……だから、今度は俺が光の字を…光の字が忠誠を誓う上様を、助ける番なんだ……！

全身を苛む苦痛を堪え、元助は白い狩衣姿の神官を気丈に睨み付ける。

「…光の字はなあ、すげえ男なんだよ…！　どんな強い奴だって、凶状持ちだって、光の字にかかったらひとたまりもねえんだ。上様は、そんな光の字が忠誠を誓う御方なんだよ…」

——俺は、今度こそ何があろうと退かねえ！

元助の心は、炎より熱く燃えていた。

この本を読んでのご意見、ご感想などをお寄せください。
宮緒 葵先生・小山田あみ先生へのはげましのおたよりもお待ちしております。

〒113-0024 東京都文京区西片2-19-18 新書館
[編集部へのご意見・ご感想] ディアプラス編集部「華は褥に咲き狂う7 ～神と人～」係
[先生方へのおたより] ディアプラス編集部気付 ○○先生

- 初 出 -
華は褥に咲き狂う7 ～神と人～：書き下ろし
雑草の矜持：書き下ろし

[はなはしとねにさきくるう]
華は褥に咲き狂う7 ～神と人～

著者：宮緒 葵 みやお・あおい

初版発行：2022年3月25日

発行所：株式会社 新書館
[編集] 〒113-0024
東京都文京区西片2-19-18 電話（03）3811-2631
[営業] 〒174-0043
東京都板橋区坂下1-22-14 電話（03）5970-3840
[URL] https://www.shinshokan.co.jp/

印刷・製本：株式会社 光邦

ISBN978-4-403-52548-3